유방암이
내 삶을
멈출 수는
없습니다

유방암이
내 삶을
멈출 수는
없습니다

전이성 유방암 4기 경험자
카덴자 지음

위시라이프

들어가는 말

내일도 살아야지, 오늘처럼

아침에 눈을 뜨면 제일 먼저 온몸을 쭉쭉 뻗어 스트레칭을 합니다. 지난밤 잘 자고 일어난 내 몸을 확인하기라도 하듯이. 손끝에서 발끝까지 위아래로 최대한 늘리고 온몸에 힘을 주어 야단스러울 만큼 뒤틀고나서는 감사 기도를 합니다. 신앙이 있어서가 아니라 어제를 잘 보내고 오늘을 새롭게 시작하는 그 자체가 너무나 감사해서입니다.

5년 전, 유방암을 진단받기 전에는 별다른 사건 없이 똑같은 일이 반복되는 그렇고 그런 매일매일이 따분하다 못해 지겹기까지 했습니다. 때때로 드라마나 소설에서 일어나는 특별한 아침을 꿈꾸기도 했습니다. 일상에서의 일탈에 매력적으로 끌리기도 했습니다.

유방암 진단으로 이 모든 것이 달라졌습니다. 쉰 살 넘어 진단 받은 유방암은 생의 유한함을 온몸으로 체감하게 했고, 별

일없이 반복되는 소박한 일상의 가치를 깨닫게 해주었습니다. 늘 곁에서 함께하는 소중한 가족의 존재를 일깨우고 아낌없이 사랑하도록 가르쳐 주었습니다.

아침에 눈을 뜨면 선물 같은 하루가 제게로 와 있습니다. 지난밤 고단한 몸을 뉘고 잠을 자고 일어났을 뿐인데 오늘 같은 맑게 갠 날의 아침은 차라리 은총이라고 부르고 싶습니다.

어젯밤, 천근만큼 무거웠던 몸은 내가 잠자는 사이에 뭔 조화가 일어났는지 가뿐해져 있고 얼크러진 머릿속도 말끔하게 정리되어 있습니다.

안 되는 것에 마음 두지 말고 새롭게 바라보자.

자리를 박차고 나와 빠른 걸음으로 걷기를 하여 오늘 쓸 에너지를 충전해 봅니다. 조물주의 조홧속은 놀라울 뿐입니다.

잠깐 들여다본 연예면 기사에 나온 대사가 맘에 와 닿습니다. 시한부 인생을 다룬 드라마의 엔딩 장면. 하루하루가 마지막 날 같은 말기암 환자의 생일. 생일을 축하하러 온 친구가 무심히 묻습니다.

"내일은 뭐 할 거니?"
"내일도 살아야지, 오늘처럼."

너무나 당연한 말이 가슴에 와 박힙니다. 평범해서 더 아픕니다. 또한 얼마나 많은 사람들이 소박한 내일을 소망하는지도 잘 알고 있습니다.

욕심 부리지 말자. 평범한 하루가 얼마나 소중한지 온몸, 온마음으로 겪지 않았는가. 내일도 오늘처럼 담담하게 사는 거다, 좋으면 좋은 대로 불편하면 불편한 대로.

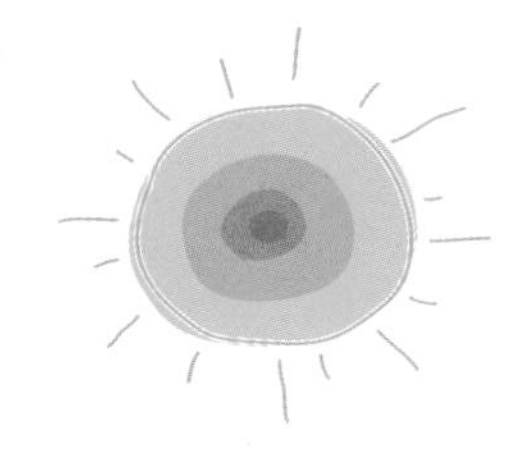

이 책은 유방암 투병기라기보다는 인생의 재발견에 관한 기록입니다. 영원히 모르고 지나칠 뻔한 소중한 하루, 평범한 제 인생에 대한 고백입니다.

인생, 별거 있나요. 날마다 좋을 수는 없지 않은가요. 주어진 하루를 투덜대지 않고 감사하며 살아가는 겁니다.

하루하루 살다보면 하루가 열흘 되고 일 년 되는 거지요. 아무도 남은 인생을 보장 받았을 리 없을 테니. 보잘것은 없어도 내 인생이 소중할 뿐입니다.

이 시간에도 치유를 위해 애쓰는 환우분들과 그 가족들에게 위로를 보냅니다.

이렇게 맑게 갠 축복받은 날에

2019년 6월 카덴자 씁니다.

목차

2부 어떻게 암을 이겨냈을까요

3부 함께 가야 멀리 갑니다

4부 세상으로 다시 내민 손

5부 다시 꿈꾸어도 될까요

프롤로그
오다가 넘어졌어요

열심히 걸어왔는데
그만 넘어지고 말았네요
잠시 눈 앞에 별이 반짝였습니다
전에는 넘어지면 바로 일어났는데
이번에는 쉽지가 않네요.
아찔하게 반짝이던 별들은 이내 사라지고
멍치가 훅 아파옵니다.

무슨 생각으로 경주마처럼 달렸을까요
하던 일 그만두면
다시는 내 일이 안 될까봐
잠시 쉬면 내 새끼들 입에 밥 못 넣을까봐
아니면 누가 등을 떠밀었나

유혹에 흔들리지 않는 불혹의 나이도 지나고
귀가 편해지는 이순도 가까운 시점에 말이에요
시쳇말로 경력도 쌓이고 아이들도 크고
이제 좀 살아볼까 싶은데
덜컥 넘어지다니

잘 볼걸
앞도 보고 땅바닥도 잘 볼걸
후회가 밀려오지만
이미 넘어진 건 되돌릴 수가 없습니다

나는 왜 넘어졌을까
왜 하필이면 지금일까
좀더 주의깊게 보고 다녔다면 넘어지지 않았을까
주저앉아 궁리합니다
아무 일도 없었던 것처럼 새초롬하게 일어나 그냥 갈까
상처를 헤집어볼까

원인도 원인이지만
상처를 치료하는 게 급합니다

치료가 만만치 않고
치료가 끝나도
아무래도 넘어지기 전과 꼭 같진 않겠지요
그래도 넘어진 것뿐인데
너무 절망적으로만 생각이 치닫는 것도 맘에 안 듭니다
대책없이 마냥 긍정적으로 생각하는 것도 마땅치 않습니다
또 넘어질 수 있겠지요
그래도 일어나야겠지요
자신은 없지만
주어진 생
소중한 인연
누릴 만큼 누려야겠지요
개똥밭에 굴러도 이승이 좋다던데

아닙니다
나는 그냥 넘어진 것뿐입니다
가던 길 잘 가다가
내 앞에 놓인 돌부리에 걸린 걸 수도
운 나쁘게 험한 길을 간 걸 수도

이 모든 게 내 일입니다
누구를 탓할 수는 없지요

단지, 나의 넘어짐으로 인해 마음 아플
사랑하는 사람들에게
미안할 뿐입니다

조금 늦을 수도 있어요
몸이 불편해 좀 천천히 가렵니다
가다가 쉴 수도 있어요
꽃 구경도 하고 사람 구경도 하고
망상도 하다가 천천히 가렵니다
오다가 넘어졌거든요

그래서 제가 좀 달라졌어요
그래도 제게 주어진 길은 다 걸으렵니다
지금은 오르막입니다
신발끈 다시 매고
오늘도 걸어갈게요

유방암 경험자로 살아가기

인생이란 때로는
우리가 하기로 선택하지 않았는데도
감당해내야 할 것이 있습니다

잘못한 것도 없는데
자꾸만 숨기고 싶어요

어느 날 갑자기

누군가의 일상에서 이런 일이 일어난다면 얼마나 황당할까요? 지극히 평범하게 살고 있는데, 갑자기 건강에 이상이 있다고 합니다. 그리고는 몇 달에서 일 년여간 일상에서 격리시킵니다.

유방암은 그렇게 제 삶에 느닷없이, 예기치 않게 들이닥쳐 일상에서 강제로 하차시킨 뒤 항암 치료 등의 이유로 사회와 단절시켰습니다. 거부한다면 바로 죽을지도 모른다고 위협하면서. 아무런 전조 증상도 없이, 통증도 없이 그렇게 유방암은 저에게 왔습니다.

단지 가슴에서 멍울이 만져진다는 이유로 찾아간 병원에서는 이미 간까지 전이된 유방암 4기라고 진단했습니다. 완치보다는 5년 생존율 몇 프로 따위나 이야기합니다. 야박하고 매정하게, 토도 달지 못하게 근엄한 표정으로.

"어떻게 이 엄청난 병이 아무 증상이나 통증도 없이 갑자기 생길 수가 있나요?"
"덩어리가 증상입니다!"

마음은 황폐한 사막을 헤매며

5년 전인 2014년 12월 13일, 남들은 한 해를 마무리하고 새로운 일 년을 준비한다고 들뜬 시기에, 저는 유방암 간전이 4기를 진단 받았습니다. 아기 낳을 때 외에는 병원에 가지 않을 정도로 건강을 자신하고 있던 터라 충격은 그 무엇으로 표현하지 못할 정도로 컸습니다.

유방암에 걸린 것이 부끄러운 것도 아니고 죄 지은 것도 아닌데 무척 당황스러웠고 아무도 없는 곳으로 도망쳐 사라져버리고만 싶었습니다. 너무 당혹스런 나머지 기도할 엄두도 못 내고, 어디라고 딱히 향할 곳 없이 뻗쳐오르는 분노에 사로잡

혔고, 완치가 없다는 말에 절망했습니다.

인간인 내가 할 수 있는 것이 병원의 표준치료 말고는 아무것도 없음을 깨닫고는, 현실에 순응하는 단계에 이르렀고 모든 것을 다 포기하고 시간의 흐름에 몸을 맡겼습니다.

완치의 희망보다는 어서 빨리 시간이 흘러 끝장을 보고 싶다는 마음뿐이었습니다. 하지만 시간은 야속하리만치 더디 흘렀고, 차라리 바닷가의 모래알을 세는 게 더 빠를 것 같았습니다. 일초 이 초, 똑딱 똑 딱 똑… 딱…….

마음은 매일 황폐한 사막을 헤매고 다니면서 어느 순간 사막의 모래알처럼 한줌의 가루로 사라지기를 간곡히 바랐습니다. 그렇게 1년을 지나왔습니다.

고된 항암 치료를 견딘 탓인지 육체는 자연 다이어트가 돼서 10kg이 빠졌습니다. 20여 년 간 저를 보아왔던 친구는 지금의 제가 제일 좋아 보인다고 합니다. 적당한 살집에 좋은 혈색. 환자 분위기는 찾아볼 수 없다고요.

이제는 굳이 말하지 않으면 제가 유방암 4기 암 경험자였던 것을 모릅니다. 물론 완전 관해되었다고 해서 암으로부터 완전히 자유로워진 것은 아닙니다. 암이란 것이 한번 앓고 나면 면역이 생기는 것이 아니라 오히려 같은 신체조건이면 암으로 발전할 가능성이 크다는 것을 알려준 것이라서 매사에 조심 또 조심해야 합니다.

유방암 진단 사실을 감추고 싶어요

암 진단을 처음에는 패배로 받아들였습니다. 같은 출발점에서 시작해서 가다가 저만 낙오된 듯한 느낌이었습니다.

“더 이상은 같이 갈 수 없어. 너는 딱 여기까지야!”

회복할 수 없는 치명적인 부상을 입어 더이상 정상적인 생활은 불가능하고 그대로 멈출 수밖에 없는 상황.

특별히 잘하고 산 일은 없어도 남들에게 피해는 주지 않으려고 애면글면 꾸려온 생을 당장 멈추라고 하니, 돋보이지는 않아도 부끄럽지는 않으려 근근히 이어온 내 인생은 딱 여기까지구나, 하는 좌절감에 더 힘들었습니다.

암 진단 후 투병기간 동안 내내 나는 혼자였습니다. 이 엄청난 사실이 현실이라는 것을 당사자인 나조차도 받아들이지 못하는데 누구에게 무엇을 알려 어떤 위로를 구하겠는가 싶었습니다.

저는 암에 걸린 사실을 가족 외에 모든 사람에게 감췄습니다. 심지어 친동생들에게까지도요. 또 가족에게는 병원과 의사의 처방대로 잘 치료받을 테니 나의 암 진단 사실을 누구에게도 알리지 말고 자신의 일에 충실해라, 내 걱정한다고 자신들의 일을 소홀히 해서 오히려 내가 그걸 신경 쓰게 된다면, 치료에 온전히 집중하지 못하게 될 것이고 결과적으로 내 치료를 방해하는 게 될 것이다, 하고 비장하고 단호하게 주문했습니다.

지난 날, 지인의 암 진단 소식을 전해 들었을 때 위로밖에 할 수 없는 처지라 애써 담담히 보냈던 것이 부끄러워졌습니다. 당시에는 진심으로 힘내시라고, 완치하실 거라고, 기도하겠다고 했지만, 할 수 있는 건 마음밖에 없었고, 곧 내 생활의 물결에 휩쓸려 잊고 말았습니다.

이번에 막상 내 일이 되고 보니 그런 위로라도 구하고 싶었지만, 다른 이에게 마음의 짐만 더하는 꼴이 될 것 같았습니다. 대신, 빨리 치료 받고 털어내자, 그래서 이야기할 필요가 없게 하자,라고 생각했습니다.

하지만 시간은 생각보다 더디 흘러갔고 그동안 집안의 대소

사는 가발과 모자로 가리고 가거나 불가피한 사정으로 참석 못 한다고 핑계를 대고 피했습니다.

기적 같은 시간이 흘러 완전관해, 완치라는 판정을 받았고, 이제는 "나 사실은 암 진단 받았었어."라고 말할 이유가 없어졌습니다. 그저 아무 일도 없었던 것처럼 다시 일상에 스며들어 살아가고 있습니다.

암을 경험했다는 걸 어디까지 밝혀야 될까요

암 진단은 잠시의 휴식

암 진단 전에는 왕성하게 투잡을 했습니다. 제 경우의 투잡은 능력이 넘쳐서가 아니라 한 곳의 일만으로는 경제적 불편이 해소되지 않아서였습니다.

입시 논술을 지도하고 있었는데, 학생들로서는 가장 중요한 시기에 선생이 암에 걸렸다면 이건 동정과 위로를 건네기에 앞서 본인들의 앞일을 먼저 걱정하는 것이 맞습니다. 입시가 바로 코앞인데……. 암 진단을 받았다고 해서 능력이 당장 사라지는 것은 아니지만, 순간 집중도는 떨어질 수 있겠지만 그건 순간일 뿐입니다. 일로 맺어진 관계에서는 계약이 우선인 게 맞습니다.

거래처에서 큰 주문을 해야 하는데 상대업체 사장이 암 진단을 받았다고 가정할 때, 이 회사 어려우니 더 밀어줘야겠다고 생각하는 경우가 얼마나 될까요. 이 주문 잘 해낼 수 있을까,라고 염려부터 하는 게 일반적인 것일 겁니다.

누구를 원망하자고 하는 게 아닙니다. 암 진단을 받을 당시의 제 생각이 그랬다는 것입니다. 물론 암 진단을 받은 것이, 긴급 수술을 요하는 상황도 아니고 정밀검사를 통해 어떤 표준치료를 할지 정하는 데만도 (이때가 지옥의 정점을 찍지만) 두어 주가 걸립니다. 하던 일을 마무리하거나 대체할 수 있는 충분한 시간입니다.

길고 긴 항암, 수술, 방사, 회복을 거치는 데 일 년여가 기본입니다. 그 이후에도 정기검진으로 병원을 제 집처럼 들락거려야 합니다. 긴 치료 기간 동안 혼자 고립되는 것보다는 하던 일의 강도를 줄여서 유지하는 게 정신 건강상, 경제적 여건상 또 치료면에서도 환자에게 도움이 됩니다.

하지만 일은, 회사는 이익을 추구하는 게 본질이므로, 직원의 효율적이고 합리적인 업무활동을 통해 이익의 극대화를 꾀해야 하므로 환자가 된 직원에게 위로와 배려는 하겠지만 업무 결손을 막기 위해 대책을 세우겠지요.

개인적인 생각이므로 맞지 않다고 생각하면, 부디 다른 견해도 있을 수 있다는 정도로 이해하시길 바랍니다.

삶은 여전히 진행중

우리 사회의 상황이 이러니 환자들은 자의 반 타의 반으로 진단 사실을 숨길 수도 있습니다. 특히 치료 후에 다시 사회에 복귀해 일을 계속해야 하는 젊은 환우들에게는 아주 중요한 일입니다. 치료를 마친 이들이 사회에 잘 복귀하도록 배려하는 사회 시스템이 마련되도록 기대해 봅니다.

암 진단으로 인해 치료를 받을 때는 하던 일을 쉬고 충분한 시간을 갖기를 권합니다. 여러 환우들이 암 진단 전에 극심한 스트레스를 받았고, 제대로 해결하지 못해 유방암에까지 이르렀다고 짐작을 하고 있습니다.

같은 환경 속에 있어도 암 진단을 받은 사람들은 건강을 돌보지 않고 휴식 없이 몸을 혹사시켜서 몸의 면역체계가 깨져서 암에 취약해진 것일 수도 있습니다. 조급한 마음 잠시 내려놓고 충분한 휴식으로 암도 치료하고 체력을 보강한 뒤 다시 일을 하는 게 좋습니다.

나의 이중생활

상황에 알맞게

표준치료 후 1년 반 정도가 지나자 아침에 일어나면 운동으로 산책을 시작하고 식사와 영양제 챙겨먹는, 여전히 혼자인 무료한 날이 계속되었습니다. 몸은 회복되었지만 예전처럼 일을 해야겠다는 의지는 생겨나지 않았습니다.

그래서 시작한 것이 〈네이버 블로그〉입니다. 소소한 일상이나 기록해 보자, 글을 쓴다기보다는 산책길에서 만난 꽃과 나무, 길 사진이나 올려보자고 시작했습니다. 작은 기록 하나 남기는 것뿐인데 재미가 쏠쏠했습니다. 누가 와서 들여다보지도 않고 저 혼자 쓰고 찍어서 올릴 뿐인데도 생활에 생기가 생겼습니다.

좀더 욕심을 내어 전문적인 예비작가들이 글을 쓰는 〈다음 브런치〉에도 자리를 얻었습니다. 브런치를 시작할 때만 해도 글 쓰고 싶은 원초적인 욕망을 해결하려는 게 목적이었습니다. 누가 읽어줄지는 모르겠지만 내가 듣고 느끼고 경험한 것을 약간의 필터링을 통해 객관화하고 싶었습니다. 혼자 쓰고 보는 일기와는 달리 내 생각과 행동을 타인에게 공감 받고 나누고 싶은 바람도 있었습니다. 단 한 사람이라도 공감해 주면 좋겠구나 싶었습니다. 처음 쓰기 시작할 때부터 소소하나마 이런 바람들이 충족되고, 나만의 대나무숲을 얻었습니다.

카덴자, 나만의 색깔로

인터넷상에서 암 진단 이전에 쓰던 아이디와 지금의 아이디는 완전 다릅니다. 암 진단 이후에 사용하는 아이디는 카덴자입니다.

카덴자는 음악용어로, 고전음악 연주 끝부분에서 연주가가 자신의 기교를 마음껏 발휘해 개성있게 연주하도록 허용된 부분입니다. 즉 연주자 고유의 색깔을 마음껏 펼쳐 연주하라는 뜻입니다. 이제부터는 제 삶의 고유한 색을 내며 살겠다는 의미로 아이디로 삼았습니다.

블로그에는 주로 암 경험자로서의 일상과 건강한 하루하루를 소재로 글과 사진을 올리고, 브런치에는 평범한 중년 아줌마의 일상과 암 이후 달라진 생, 인생 2막에 대한 생각을 올리고 있습니다.

지금 저의 인적 네트워크는 정확히 두 곳으로 나뉩니다. 이 둘 사이에 접점은 없습니다. 처음엔 의도적으로 분리했는데 시간이 지나면서 양쪽의 분리는 더 견고해졌습니다. 암 진단 이후부터 새롭게 인연을 맺은 쪽과 암과는 전혀 관계가 없던 4년 전 이전의 시점을 유지하는 쪽.

제 인적 네트워크 사이의 경계는 여전히 공고합니다. 모든 경계에는 꽃이 핀다고 하는데, 이 경계를 허물 것이 무엇일지, 때가 되면 자연스레 허물어지리라 생각합니다. 혹 나중에라도 지인들이 알고 서운해 하지나 않을까 걱정이 되기도 합니다.

초기 2년 동안 양쪽 경계를 넘나들 때는 가발을 이용했습니다. 이중생활을 했습니다. 이건 전적으로 저의 선택이지만 이런 선택을 할 수밖에 없었던 데는 이 사회에 내재한 보이지 않는 편견이 크게 작용했을 것입니다.

제가 암 경험자인 것을 아는 몇몇 지인들은 저를 배려하느라 애씁니다. 음식을 먹거나 가벼운 활동을 할 때도 "괜찮아?" 하며 제 의견을 우선하려고 합니다. 저를 위하는 마음인 것은 잘 알지만 그런 배려가 부담스럽기만 합니다.

암에서 회복되어 건강해졌다고 생각하는데 다른 사람에게는 아직도 약하고 보호해야 하는 존재로 느껴지나 봅니다. 차라리 아무렇지 않게 대해주는 게 더 나을 것 같습니다.

암 진단 후 만난 환우들과는 암을 중심으로 한 치료와 위로, 운동 등등의 정보를 나눕니다. 암 진단 이전의 사람들과는 몇 십년간 계속 되었던 그 일상 그대로를 공유하고 있습니다. 딱 유방암 얘기만 하지 않으면 헷갈릴 일도 없습니다. 제 본질은 전혀 달라진 게 없으니 당연한 일입니다.

저는 그저 상황에 알맞게 제 역할에만 충실할 뿐입니다. 굳이 유방암 경험자인 것을 드러내지도 너무 건강하거나 씩씩하게 보이려고 하지 않습니다.

하루가 멀다 하고 블로그와 브런치에 글을 쓰지만 제 지인들은 저의 이중성을 눈치채지 못합니다. 심지어 친동기간들도 연관을 짓지 못합니다. 아니 의심조차.

"내 본색을 알아채는 사람이 있으면 어떡하지?"
"뭐 어때, 암에 걸린 게 죄는 아니잖아."

두근거리는 제 마음과는 아랑곳없이 유방암 태그를 단 브런치의 글들은 조회수 6천을 넘어가고 있습니다.

가만히 손잡아 주세요

제 브런치 게시물 중 단연 조회수가 높은 것은 유방암 태그를 단 글들입니다. 유방암 관련 게시글은 조회수 6천을 넘어서고 저에게서 찾는 관심은 온통 유방암뿐입니다. 저는 중년 여성의 자아 찾기, 자기 계발 이런 것에 공감해 주기를 바랐는데 그것은 제 욕심일 뿐이었습니다.

이 현실을 부정하고 싶은 마음은 전혀 없습니다. 오히려 이순을 바라보는 이 나이에 하나를 택하라면 유방암 경험자 쪽입니다. 이게 현실입니다.

유방암을 진단 받았다는 사실은 제가 제 부모님에게서 태어나 대한민국에서 자랐다는 사실만큼 바꿀 수 없는 일입니다. 물론 과거로 돌아가 바꾸고 싶은 게 있다면 한 치의 망설임도 없이 암에 안 걸리는 거지만 그런 일은 일어나지 않습니다.

"만약은 없습니다."

표준치료 후 어느 정도 암의 공포에서 벗어나게 되자 그동안 매일 살다시피한 유방암 카페도 떠나고 암에서 놓여나고자 했습니다. 하지만 암을 경험한 것은 이제는 벗어날 수 없는 저의 본질이 돼버렸고 이것을 인정하니 오히려 편하기까지 합니다. 암을 경험한 사람으로서 나보다 더 힘든 이가 있다면 손 내밀어 잡아주고 싶습니다.

암을 겪은 사람을 바라보는 시선에 하나의 바람이 있다면, 암 진단을 받았다고 해서 그 사람의 전체가 암으로 인해서 영향 받지도, 능력이 감소하지도 않는다는 것입니다. 오히려 환자들은 치열하게 암에서 놓여나 일상으로 복귀하고자 그 어느 때보다도 열심히 노력한다는 겁니다. 육체적 심리적으로.

그러니 안쓰럽다고 위로도 말고, 뭘 도와줘야겠다고도 말고 가만히 손 잡아주세요. 이겨내고 다시 일상으로 돌아올 수 있다고. 그때까지 직장이, 사회가, 일은, 기다려 줄 수 있다고. 이 진심을 환자가 느끼게 되면 그 어떤 치료제 못지않은 효과를 볼 거라고 확신합니다. 그러면 저처럼 암 진단 사실을 숨기는 일은 없어질 것입니다.

나는 완치될 것이다

저도 암은 처음이라

사람들이 제게 묻습니다. 유방암 간전이로 4기를 선고 받았는데 이렇게 건강해 보일 수가 있냐고요. 건강해 보이는 게 아니라 이제는 건강해졌습니다.

4기라는 절망감 속에 허우적거리던 때가 분명 있었습니다. 다행스럽게도 완치라고 여겨지는 5년이 다가오는 지금까지 잘 관리하고 있습니다. 무엇보다 병원에서의 표준치료가 제일 큰 도움이 되었습니다.

모르는 게 약이라는 속담처럼, 처음에는 4기임에도 병기의 심각함을 몰랐습니다. 그냥 병원에서 하라는 대로 치료하면 다 낫는 줄 알았습니다. 저도 암 진단은 처음이라서요.

치료를 거듭하고 시간이 흐르면서 4기는 예후가 그리 희망적이지 않다는 걸 알았지만 처음에 그리 심각하게 인식하지 않은 것이 더 나았다고 생각합니다. 달리 말하면 긍정적인 생각이 치료에 도움이 되었다는 말입니다.

유방암의 종류와 기수

유방암이 의심되어 조직검사와 MRI 촬영 등 정밀 검사 후 확진을 받으면 유방암의 성질과 종양의 크기, 진전된 정도에 따라 상세하게 분류합니다. 호르몬 양성 유방암 1기, 허투 양성 3기, 삼중 음성 1기, 하는 식입니다.

호르몬 양성 유방암은 암세포가 여성 호르몬인 에스트로겐에 반응하여 자라는 유형으로 전체 유방암의 80%에 해당합니다. 허투양성 유방암은 허투 단백질이 과발현되어 나타납니다. 삼중음성 유방암은 에스트로겐과 허투 인자가 없는 유방암이 해당됩니다.

크기에 따른 기수는 가장 초기인 1기는 종양의 크기가 2cm 미만으로 겨드랑이 림프절 전이가 없는 경우입니다. 2기는 종양의 크기가 2~5cm 미만이면서 림프절 전이가 심하지 않은 경우입니다. 3기는 종양이 5cm 이상이면서 림프절 전이가 있는 경우입니다. 4기는 유방 외에 목의 림프선 뼈 폐 간 등의 전신전이가 있는 경우입니다.

유방암 4기면 원발지인 유방을 넘어 다른 장기로까지 암세포가 침범한 경우입니다. 임파선 부위로의 전이는 4기로 보지 않습니다. 첫 진단 받고 치료가 끝난 이후에 재발하거나 다른 곳에서 암이 새로 나타나도 4기로 봅니다.

4기는 온몸에 암세포가 퍼진 걸로 추정하여 원발지인 유방만을 제거하는 것이 의미가 없다고 합니다. 따라서 수술을 하기보다는 일반적인 항암 주사 등으로만 치료하여 더이상 암세포가 자라지 않도록 하고, 완치보다는 5년 생존율을 보는 것이 일반적입니다.

유방암 환우들이 많이 모이는 카페에서도 4기라고 하면 특별한 대우를 받습니다. 이겨내자, 금방 지나갈 거다, 완치해서 십 년 이상 잘 사는 사람들도 많다더라, 우리도 잘 치료 받아 여행도 다니고 새롭게 주어진 인생을 보람 있게 살자, 등등 서로 위로의 말을 나누다가도 "나 4기야." 하면 찬물을 끼얹기라도 한 듯이 분위기는 뜨악 하니 가라앉고 맙니다. 4기의 중함을 알기에 위로조차 건네기 조심스럽기 때문입니다.

그렇다고 해서 1기암이 가볍다는 말은 아닙니다. 자신이 겪고 있는 암의 무게가 가장 중요하고 무겁습니다. 기수와 상관없이 본인들이 감당해야 할 부담은 다 같다고 생각합니다.

하지만 이것은 제가 진단 받았던 4년 전의 일입니다. 요즘은 신약이 나오는 속도도 빨라지고 의료보험 급여 등재 심사기간도 단축되는 추세입니다. 이제 더 이상 4기는 연명만을 기다리는 처지가 아닙니다. 수술이 불가했다가 선항암 후에 종양이 없어져서 수술을 하는 경우도 많고, 화학 항암제 외에 암의 성질에 맞춘 표적치료제가 여럿 나와 있어서 일상생활을 하면서 치료가 가능해졌습니다. 막연하게 듣기 좋으라고 하는 말이 아닙니다.

머리카락 빠지고 구토와 오심을 동반하는 화학 항암제는 첫 항암에서는 유방암의 성질에 상관없이 꼭 필요합니다. 암이 측정할 수 있는 정도까지의 덩어리가 되려면 수억 개의 암인자가 모여야 한다고 합니다. 그러니 발병 부위는 유방이지만 그 근처에서 더 나타날 수 있는 찌꺼기암까지 다 치료하려면 화학 항암제 치료는 필수입니다. 대부분의 환자들은 이런 표준 항암 치료와 수술 방사선 치료 등의 시기를 거치면 완치됩니다.

기적의 치료법은 없습니다

암이 의심되니 조직검사를 더 해보자는 말을 듣는 순간, 멍울은 멍울일 뿐 암은 아닐 거야, 아니면 초기여서 금방 쉽게 나을 거야, 하고 가볍게 넘어가기를 간절히 기도했습니다. 하지만 저는 불행히도 전이성 유방암 간전이 4기로 최종진단을 받았습니다.

검진 결과를 말하면서 의사는 종양이 크고 간에도 조금 퍼졌으니 먼저 선항암으로 크기를 줄이고 수술하면 예후가 좋다, 간에 보이는 것도 그때 같이 떼어내자,라고 하기에 절망적이었지만 이런 치료방법이 있구나, 하고 한편으론 안심했습니다. 드라마에서처럼, "준비하세요, 6개월 남았습니다."라는 상황이 벌어지지 않아서요.

저는 자연치유로 기적의 완치를 한 게 아니라 항암제와 표적치료제를 포함한 의료권 내에서의 표준치료를 충실히 받았습니다. 사실 제게 기적의 치료법은 없습니다.

수술 전에 하는 항암치료를 선항암이라 합니다. 선항암으로 도세탁셀, 허셉틴, 퍼제타 조합(THP 요법)을 3주 간격으로 6회 했습니다. 6차 후에 간 부분에 있던 종양은 거의 사라졌고 유방에는 흔적만 남은 터라 전절제로 수술을 하고, 방사선 치료, 이후 3주 간격으로 허셉틴과 퍼제타를 계속 맞고 있습니다. 6차까지 맞은 탁솔로 인해 탈모는 되었지만 수술 후 7차부터 맞는 표적치료제는 별다른 부작용이 없었습니다.

허투가 과발현되어 생기는 허투 양성 유방암에 드라마틱한 효과를 발휘하는 허셉틴, 퍼제타라는 표적치료제의 효과를 톡톡히 봤습니다.

단 모든 약에는 내성이 생기므로 약을 오랫동안 잘 맞을 수 있도록 스스로 면역력을 길러내는 생활을 통해 건강한 상태로 몸을 유지하는 것이 좋습니다. 잘 자고 잘 먹고 스트레스 안 받는 긍정적인 생각 등등입니다.

완치를 꿈꾸며

암환자가 제일 두려워하는 말은 "더 이상 쓸 약이 없습니다, 이제 가족들과 함께 남은 시간 동안 하고 싶은 거 하면서 행복하게 보내세요" 하는 겁니다. 완치를 꿈꾸면서 그 어렵고 힘든 치료 과정을 견뎌왔는데 암세포가 약에 반응하지 않고 조금만 커져도 의사들은 냉정하게 잘라 말합니다.

세상에 이런 배신감이 없습니다. 이럴 수는 없습니다. 이러려고 그 힘든 시간을 견뎠나 하는 자괴감, 이럴 거면 차라리 처음부터 항암을 거부하고 가족들과 좋은 시간 보낼걸 등.

하지만 의료진이 손 놓는다고 해서 절망할 수는 없습니다. 어떤 순간에라도 나를 포기할 수는 없습니다. 어떤 상황이 와도 견뎌낼 겁니다. 사랑하는 가족과 친구들과 함께 끝까지 행복하게 살 겁니다.

하루가 멀다 하고 신약이 개발되고 암 정복이 가까워진다는 소식이 속속 들려옵니다. 내 병을 치료할 신약이 나올 때까지 힘들지만 잘 버티는 겁니다.

건강은 건강할 때 지키는 것이 가장 좋습니다. 이건 변하지 않는 진리입니다. 어느 누구도 건강을 자신할 수 없습니다. 또 일단 발병하게 되면 최선의 치료를 빨리 받는 게 좋습니다.

암 진단을 받으면 자연치료를 고려하는 분들도 있습니다. 저는 자연치유를 생각해 보지 않아서 딱 잘라 말씀 드릴 것은 없지만 주위에서 전해들은 경험담으로 판단하건데 겉으로 드러나는 종양은 일단 외과적인 수술로 제거하는 게 맞다고 생각합니다. 수술할 수 없는 경우도 많기 때문입니다. 병원에서의 치료가 끝난 뒤 하는 치료과정에서는 자연치유의 방법이 잘 맞는 경우가 많습니다.

또 치료 후 재발할 수 있습니다. 암이란 녀석은 그런 거니까요. 관리를 잘못했기 때문이라고 절대 자책하지 마세요. 내가 원하지 않았는데 암이 온 것처럼, 열심히 관리했는데도 느닷없이 다시 나타날 수 있습니다.

하지만 그렇다고 해서 처음처럼 절망하거나 좌절하지 말기 바랍니다. 여러 환우들이 다시 신발끈을 매고 이겨내고 있습니다. 더 나가서 비슷한 처지의 환우들에게 도움이 되도록 자신의 치료 경험을 기록으로 남기는 분도 있습니다.

인생이란 때론 우리가 하기로 선택하지 않았는데도 감당해내야 할 것이 있습니다. 갑작스레 닥친 암 진단 같은 것이 그런 것입니다.

유방암 4기도 완치가 되나요

브레이크 없는 폭주 기관차

유방암을 진단받기 전 매일매일이 너무 바빴습니다. 종일 외부에서 일을 하며 끼니도 이동중에 김밥으로 때우기 일쑤고, 저녁에 들어와서는 폭풍처럼 밥을 입에 쑤셔넣고 쓰러져 자거나 새벽까지 다음날을 위해 컴퓨터 앞에 앉아 있곤 했습니다.

그땐 잠시나마 짬을 내서, '내가 왜 이러구 살지?' 하는 생각을 해볼 엄두를 못 냈습니다. 그냥 벌여 놓은 일이니 습관적으로 해치운다고나 할까요. 무엇을 하고 싶은지, 어떤 삶을 원하는지를 생각하는 건 사치 같았습니다.

브레이크 없는 폭주 기관차 같던 제 삶은 유방암 진단으로 강제로 정지되었습니다. 브레이크가 걸린 뒤에도 제동거리만큼은 달려야 해서 급하게 항암가발을 쓴 채로 폭주 인생을 정리하고, 외부와 격리된 채 간절하고 긴 투병생활을 시작하였습니다.

너무나 갑작스레 모든 것이 멈췄습니다. 그동안 잘 해오던 일도 접어야 했고, 항암 치료에 수반되는 탈모로 인해 외출도 못하고, 무엇보다 앞으로 내가 꿈꿀 미래가 남아 있기나 한 건가 하는 두려움을 떨칠 수가 없었습니다. 핸드폰을 새로 장만할 때조차 "과연 3년 약정기간 동안 폰을 온전히 사용할 수 있을까?" 하는 서러움이 밀려오고. "하필이면 왜 나지?" 하는 원망에 하루에도 몇 번씩 감정이 곤두박질쳤습니다.

저는 허투 양성입니다

제 유방암의 성질은 허투 양성입니다. 유방암은 조직을 채취 분석해 암의 성향을 분석하고 그 결과에 따라 호르몬 양성, 허투 양성, 삼중 음성 세 유형으로 분류하고, 그에 맞는 항암제로 치료합니다.

제가 해당하는 허투 양성 유방암은 허투(HER-2)유전자가 과발현되어 생기는 유방암입니다. 유방암 환자의 약 20% 정도에서 나타나고, 호르몬 양성 유방암에 비해 암덩이가 커지는 속도가 빠른, 다소 공격적인 성향을 가지고 있어 나쁜 암이라고도 합니다.

2년 주기로 국가 정기검진을 꾸준히 받고 있었는데도 아무 증상이 없었던 제가, 첫 진단에 이미 간전이 상태까지 간 것은 이 허투 유전자의 속도와도 관련이 있다고 짐작해봅니다. 진단 6개월 전부터 아주 못 견딜 만큼의 피곤함을 느껴, 쉬고 싶다는 말을 입에 달고 살았습니다.

하룻밤 자고 나면 피로가 사라지던 예전과 달리 피곤함을 떨쳐내지 못한 것을 어리석게도 나이 먹어 몸이 노화한 걸로 치부하곤 했습니다.

12월 13일 운명의 날. 피곤을 풀기 위해 찾아간 마사지샵에서 가슴에 뭔가 만져진다고 하고 나서야 정밀검사를 받게 되었습니다. 불길한 예감으로 병원을 찾았고, 조직검사가 더 필요하다는 말에도, 40여 만 원이 넘는다는 검사 비용에 잠시 망설였습니다. 그때까지만 해도 '설마 암이겠어?' 하는 심정이었습니다.

하지만 검진 의사가 좀 심각한 정도이니 빨리 검사해야 그나마 생존 기간을 더 늘릴 수 있다는 등, 당시로서는 한마디도 알아들을 수 없는 말을 해서 총으로 쏘는 듯한 방법으로 조직검사를 했고, 5일 뒤 암으로 확진한다고 알려와 연세 암병원 유방외과에 예약을 했습니다.

마른하늘에 날벼락이라고 사전지식이 전무한 상태에서 받은 암 진단은 하늘이 무너져 내리는 느낌이었습니다.

연세 암병원에서는 첫 조직검사 결과를 토대로 더 정밀한 검사를 요구했습니다. 유방 초음파, 피검사 외에 MRI CT 본스캔 펫시티 등등 원발지인 유방 외에 몸 다른 곳에 암 인자가 있는지를 알아보려는 검사였습니다.

검사결과를 기다리며 외래에서 대기하고 있는데 웬일인지 처음 예약한 유방외과가 아닌 종양내과 쪽으로 옮겨 진료를 보았습니다.

지금에야 익숙해졌지만 당시 종양이란 말은 듣는 것만으로도 전신이 위축되는 무서운 단어였습니다. 담당의사는 담담하게 치료과정을 이야기했습니다.

"종양이 너무 크니 선항암으로 크기를 줄여 수술하면 좋습니다."

종양 2개가 연결되어 있고 2~5cm 정도 크기라고 한 듯한

데, 좋지 않은 건 자세히 알고 싶지 않아 대충 그렇게만 알아들었습니다.

너무나 공포스러워 그 진면을 제대로 알기보다는 그냥 도망치고 싶은 마음뿐이었습니다. 의사는 아무런 내색없이 표적치료제를 포함한 선항암 치료를 권했고, 종양이 작아지면 그때 수술하고 더 치료하자, 그뿐이었습니다.

친절하지도 불쾌하지도 않은 평범하고 무심한 말. 매일 수십 명의 환자를 대해야 하는 주치의의 일상이었을 것입니다. 의료진이 그 많은 환자마다 일일이 다 감정이입을 한다면 아마 진료는 제대로 이루어지지 않을 겁니다.

4기 유방암의 표준치료

이후 내 의지와는 상관없이 표준치료가 시작되었습니다. 난 이미 거부할 의지마저 잃고, 앞으로의 치료과정을 제대로 인지하지도 않은 채 그냥 따라오라는 말에 꾸역꾸역 오늘까지 온 듯합니다.

제 치료과정을 좀더 자세히 말씀 드리면 전이성 허투 양성 환자에게 적용되는 표준치료인 도세탁셀 허셉틴 퍼제타 조합을 3주 간격으로 선항암으로 6회하고 전절제로 수술했습니다. 치료 시작할 때 의사는 종양이 더 이상 커지지만 않아도 약이 잘 듣는 거라고 했습니다. 3차 주사 후 크기를 검사하고, 6차 이후 항암을 더할지 바로 수술할지를 결정합니다. 만약에 종양이 더 줄어들지 않으면 8차까지도 진행할 수 있습니다.

4기는 수술은 별 의미가 없다고는 하지만 전이된 곳의 종양이 선항암으로 사라진 경우는 수술을 하기도 합니다.

제 경우에는 3차 항암 후 종양이 많이 줄어들었고, 6회차에는 간에 전이된 곳이 거의 흔적도 없이 다 사라졌습니다. 기적 같은 일이 벌어진 것입니다.

다학제 진료로 바로 유방 전절제 수술을 결정했습니다. 다학제 진료는 요즘 유방암 수술에 많이 쓰이는 방법으로 원발지인 유방의 외과적 수술을 담당하는 유방외과와 항암치료를 담당하는 종양내과, 이후의 방사선 치료를 주관하는 방사선과 의료진이 협력해서 환자의 상태를 함께 점검하고 치료 방향을 정하는 것입니다. 커다란 진료실에 해당 교수님들이 모두 참석한 가운데 환자와 가족들에게 각 분야의 치료 방법을 설명하고 방향을 결정하는 것입니다. 대부분 이미 치료 방향은 결정되었고 환자는 설명을 듣고 동의하는 형식입니다.

저의 경우는 간 부분은 종양이 없어졌으므로 수술은 유방 전절제하고 이후에 간 부분은 원래 있었던 흔적을 따라 방사선치료로 마무리하기로 결정되었습니다.

일망타진

간절한 기도

5월의 수술실은 서늘했습니다. 5월 4일, 가정의 달. 징검다리 휴일이 늘어서 있는데 유방외과 주치의는 남은 항암 일정 차질 없도록, 휴일 때문에 치료 일정이 밀리지 않도록 수술 날짜를 잡았습니다. 빡빡한 일정 사이에 어찌 꽂아 넣었는지 어린이날 휴일 바로 전에 겨우 수술할 수 있었습니다. 하마터면 맥없이 일주일을 기다릴 뻔했습니다.

수술실 침대는 어찌나 좁은지 넉넉한 제 몸이 침대 밖으로 삐져나올 정도입니다. 병원 치료 경험이 별로 없던 저로서는 사실상 제일 겁나는 시간이었습니다.

항암 때는 늘 딸아이가 함께 했고 진료시에도 누군가와 함께인 듯했는데, 수술실에서는 오롯이 저 혼자 감당해야 합니다.

수술 후 마취에서 깨어나지 못하는 쓸데없는 못된 상상을 하며 사랑하는 가족들의 얼굴을 보고 또 봤습니다. 이 고운 얼굴들을 왜 그동안은 알아보지 못했는지.

시간은 더 이상 저의 머뭇거림을 기다려 주지 않고, 침대 바퀴의 돌돌거리는 소리만이 저를 따라왔습니다. 기독교 재단의 병원이어서인지, 두려움에 가득한 제 마음을 알아차리기라도 한 듯이 수술 준비하던 간호사분이 기도해 줘도 되냐고 물었습니다. 어린 시절 잠시 다녀서 기억조차 희미한 신앙심이 훅하고 올라옵니다. 이 순간에는 누구라도 아무라도 붙잡고 매달리고 싶습니다.

"그래 주시면 고맙겠습니다."

간절한 기도, 생면부지인 환자를 위한 누군가의 기도가 말 그대로 신을 대리하는 듯했다고 하면 너무나 과장일까요.

수술실에서 마취를 기다리고 있는데 수술 주치의 교수님이 손 잡아주시며 말씀하십니다.

"걱정 말고 잠깐 자고 일어나면 됩니다. 수술로 일망타진

할 겁니다."

한쪽 가슴으로 마주하는 세상

아침 일찍 시작된 수술은 오후 서너 시가 넘어서야 회복실을 거쳐 병실로 돌아올 수 있었습니다. 말 그대로 수술 자체는 잠깐 자고 일어나는 정도였는데 수술 이후 관리는 쉽지 않았습니다.

수술한 가슴은 압박 처치되어 꽉 조여져 있었고 수술 부위의 액체를 밖으로 내보내는 배액관이 달려 있었습니다.

배액관은 수술 후 하루 30ml 이하로 나와야 뗄 수가 있는데 퇴원 후에도 배액량이 줄지 않아 3주나 더 지나서야 뗄 수 있었습니다.

사실 암이 가슴에 있는 자체로는 통증이 없었습니다. 항암치료시 부작용으로 통증이 시작되었고, 수술 후에는 수술한 쪽의 팔이 뻐근하고 움직이는 것이 불편했습니다. 간전이로 인해 오른팔의 림프를 다 제거하는 곽청술을 해서인지 팔을 수평으로 올리지 못하고 간단하게 옷 갈아입는 것조차 마음대로 되지 않았습니다.

어쨌든 수술 후에는 암 존재가 사라졌다니 회복에만 집중하기로 했습니다. 이제부터는 한쪽 가슴으로만 세상을 마주합니다.

두렵지는 않았습니다.

수술 없이 방사선 치료만으로 암을 없애다

고도로 설계된 방사선 치료

수술 3주 후에 이어진 방사선 치료는 훨씬 수월했습니다. 5분 가량 잠깐 침대에 누워 있다가 나오면 됩니다. 방사선 치료는 가슴은 28번, 간 부위는 15번 했습니다. 혹 너무 방사능에 노출되는 것은 아닐까 걱정도 됐지만, 의료진이 권고하는 대로 표준치료를 해나갔습니다.

방사선 치료는 주 5일, 주말을 제외하고 매일 진행됐는데, 6주간 약 한달 반 정도 걸렸습니다. 매일 병원을 오가는 것이 그나마 힘들다고 할 정도로 수월하게 여겼는데, 어찌된 일인지 방사선 치료가 끝날 때쯤 몸무게는 10kg 정도 빠져 60kg이 되었습니다.

이후 외래진료로 만난 방사선 주치의는 수술 없이 방사선 치료로 제 간의 종양을 없앴다고 합니다. 가슴 부위와 가까운 곳에 자리한 간전이 종양은 유방수술시 같이 하려 했지만 선항암으로 자취가 사라져 혹 남아 있을지 모르는 부분을 방사선으로 없앴다는 겁니다.

뭐가뭔지 모르는 상황이었지만, 들어도 전부 이해가 안 되는 단어들이 섞였지만, 결론은 간으로 전이된 암세포가 다 사라졌고, 남아있을지 모르는 찌꺼기들은 고도로 특수 설계된 방사선으로 완치했다,입니다. 방사선 치료 일정이 지연되고 변경되어 가슴 졸였는데 이런 수고로움이 있었음을 알게 되었습니다.

저도 모르는 사이에 제 뒤에서 〈환자 1〉을 위해 아낌없이 수고를 해주신 분들께 정말 절을 드리고 싶습니다. 그분들은 당연히 해야 할 일을 했다고 하지만 사람의 생명을 다루는 일에서 그들이 다하는 최선에 얼마나 많은 것이 달라지는지, 단지 돈으로 계산할 수 없는 고마움을 전합니다.

3기까지의 진단이라면 여기서 표준치료는 끝납니다. 이후는 6개월 간격으로 정기검진을 받으며 몸 상태를 관리하면 됩니다.

하지만 저는 전이성 4기라 치료는 기약없이 계속됩니다. 이후부터 지금까지 별다른 일이 없다면 3주마다 표적치료로 허셉틴과 퍼제타를 맞고 있습니다.

별다른 일이란 간수치가 높아져 약을 감당 못하는 상태가 되거나 허셉틴으로 인한 심장 부작용이 있거나, 내성이 생겨 암 덩어리가 다시 커지거나 새로 생기거나 하는 것들을 말합니다.

표적치료제는 화학치료제와 달리 허투인자만 공격하기 때문에 다른 정상세포는 건드리지 않습니다. 탈모와 오심, 구토 등의 부작용 증세가 없어 정상적으로 일상생활을 할 수가 있습니다.

표적치료로 4년이 지나가지만 현재까지 아무 이상 없습니다. 이제는 표적치료조차 중단해야 하지 않을까 싶습니다. 암 완치 여부를 결정짓는 5년이 되면 결정을 내려야 하겠지요. 그때까지 잘 지낼 수 있도록 운동으로 음식으로 제 몸 관리에만 집중합니다.

허투 양성 유방암이 뭔가요

삶의 질까지 고려하는 치료

허투 양성(HER-2)에 대해 좀더 이야기해보겠습니다. 다소 위험해 보이고(암이라면 모두 위험하겠지만) 공격적인 허투 양성 유전자에 해당하는 게 마냥 절망적이지만은 않은 것이, 아이러니하게도 표적치료제가 잘 개발되어 있습니다.

전에는 암진단을 받으면 수술 먼저하고 항암 방사선 등의 순서대로 치료하는 게 표준이었지만 지금은 종양의 크기가 클 경우에는 수술 전에 항암 먼저 해서 종양의 크기를 줄여 가능한 한 절제부분을 최소화함으로써 완치된 이후 후 삶의 질까지 고려하는 치료를 더 많이 합니다.

제가 진단 받았던 4년 전보다 지금은 치료 환경이 더 좋아졌습니다. 예전보다 의료기술도 좋아졌고 쓸 수 있는 좋은 약도 계속 개발되어 나와 임상도 진행되고 있습니다.

암은 더 이상 불치의 영역이 아니라 잘 관리하며 사는 만성 질환 시대가 오고 있음을 피부로 느끼고 있습니다. 이 시간에도 신약 개발을 위해 애쓰는 연구자들과, 환자들과 부대끼며 치료를 돕는 의료진에게 더할 수 없는 감사를 보냅니다.

허투 양성은 어떤 치료를 받나요

이건 제가 활동하는 〈유방암 이야기〉 카페에 올린 글입니다. 진단 후 1년 지나서 6개월 간격으로 검사하는 무가 스캔이란 단어가 생소해서 검색하다 발견한 카페입니다. 유방암 환우들이 궁금한 것을 묻고 치료과정을 공유하는 카페입니다.

당시 카페에 올린 게시글을 옮깁니다.

허투 양성 유방암은 허투가 과발현되어 나타나는 유방암입니다. 허투인자가 공격성이 강하다보니 이걸 표적으로 해서 암을 잡는 표적치료제 허셉틴이 나옵니다. 2010년에요.
허투만이든 호르몬 양성도 나타나든 허투 양성인자가 발견되면 기본치료에 허셉틴을 1년간 사용할 수 있습니다. 허셉틴의 개발로 허투 양성 환자들은 치료에 드라마틱한 효과를 보게 됩니다.

지금도 미러클하게 활약하고 있습니다.
신약이 임상을 거쳐 실제 의료현장에서 적용되려면 심사과정을 거쳐야 의료보험 급여대상 약물이 됩니다. 허셉틴은 2년 만에 표준치료 과정에 들어왔습니다.
급여대상이 됐다는 것은 의료보험에다가 중증 적용까지 되어 환우들의 치료비 부담을 많이 덜 수 있다는 거지요. 3기까지의 환우들은 1년 동안 총 18회 처방 받습니다. 진행성 4기 환우들은 계속 급여 처리되어 처방 받을 수 있습니다.
아 그런데 너무 서둘렀나요? 그 드라마틱한 표적치료를 했는데도 전이 재발이 일어납니다. 정말 전이 재발 답 없습니다. 복불복입니다. 그래서 치료가 끝나도 떨고 있죠. 그렇다고 마냥 이렇게 불안하고 위태롭게 살 수는 없겠지요.
그래서 허셉틴을 보완할 치료제 퍼제타가 3년 만에 나옵니다. 허투 유전자를 잡아줘 더 이상 번지지 못하게 한다고 하는데 단독으로는 쓰이지 못하고 허셉틴과 함께 처방합니다. 퍼제타의 태생 자체가 허셉틴의 불완전을 보완하는 것이라 해석되는 이유입니다.
이 두 표적치료제는 다소 위험군으로 분류되는 허투 양성의 치료 효과를 탁월하게 끌어올렸습니다. 표적주사를 맞으면서도 부작용 없이 일상생활이 가능하게 해줍니다.
3기까지의 조기 선항암에 썼을 경우 90% 이상 완전관해되고, 종양의 크기가 현저히 줄어 수술도 수월해집니다. 완치율 올라가고 재발율 현저히 떨어집니다. 그러니 치료가 끝나신 분들은 여기까지 읽었다면 보따리 챙겨 카페 나가서 다시는 뒤돌아보지 마세요. 뒤돌아볼 일 없을 겁니다.

자, 그럼 허투 양성 환우들은 표적치료제가 있으니 "이제 만세! 룰루랄라 근심 걱정 모두 걷어 차차차!" 하면 되겠지요?

그러나 여기서 잠시, 우리 모두 잘 알고 있지만 기억하고 싶지 않은 사실이 있습니다. 모든 약은 오래 사용하면 내성이 생긴다는 거죠. 어느 순간 약발이 듣지 않을 수도 있다는 겁니다.

다시 기약 없이 맞는 저 같은 전이성 환우로 돌아갈게요. 내성이 생길 경우에 대비해 모 대학병원 종양내과 교수님의 표현대로 미러클한 꿈의 신약 캐사일라가 나왔습니다. 퍼제타 개발 후 1년 뒤에 나왔습니다. 이건 퍼제타에 화학항암제를 결합한 거랍니다.

퍼제타에 내성이 생기면 캐사일라로 바꿔 쓸 수 있습니다. 쓸 수 있는 약이 하나 더 늘었다는 겁니다. 이전 퍼제타가 과발현되는 암 안테나를 잡아 암을 굶어죽이는 약이라면 캐사일라는 미사일처럼 허투를 찾아내 그 안으로 파고들어 허투 암인자와 함께 사망하는 방식이랍니다. 허투의 미사일 부대라고 할 수 있지요.

당연히 부작용인 탈모 구토 손발저림 손발톱 빠짐 없습니다. 고혈압약처럼 장복하면서 잘 관리 유지하며 지내는 겁니다. 현재 허투 양성이 재발한 경우는 허셉틴과 퍼제타를 같이 씁니다. 이렇게 치료 받다 이에 내성이 생겨 못 쓰게 되면 캐사일라 단독으로 처방 받아 치료하면 됩니다.
그러니 재발 전이 걱정하지 마세요. 표준치료 끝나면 카페는 say goodbye 하고 재밌게 사세요. 관리하고 운동하면서.
주의는 하되, 걱정은 말자구요.
재발되면 그때 치료하면 됩니다. 걱정한다고 비껴가지 않아요. 표준치료 이후 일상관리 잘 하시구요. 이상은 허투 양성인 제 치료법 정리입니다.
(2016. 9_유방암 이야기 카페)

사족 : 이 글을 쓴 지도 2년 반이나 지났네요. 미러클하다고 여겨지던 퍼제타 캐사일라가 당시에는 비급여 치료제였습니다. 1회 주사에 퍼제타는 400만 원, 캐사일라는 650만 원이나 해서 일반인들이 쓴다면 메디컬 푸어로 전락할 정도로 그림의 떡이었습니다. 실손보험이 있는 환자들도 쉽게 쓸 수 없었습니다.

당시에 치료중에 있는 많은 환우들이 직접 나서서 급여화를 당겨달라고 건강심사평가원과 제약사에 호소를 했고, 2017년부터 급여화가 되었습니다.

처음에는 전이성 4기 환자들에게만 의료보험이 적용되던 퍼제타는 이제는 선항암으로 쓰거나 수술 이후에 쓰는 것도 허용이 되고 일부 보험 적용도 되었습니다.

신약은 계속 나옵니다. 그리고 그 속도도 빨라지고 있습니다. 좌절하지 말고 꾸준히 몸 관리하며 지내는 게 중요합니다.

현재 임상 단계에 있는 모든 약들이 속히 절차를 통과하여 약을 애타게 기다리는 환우들이 적절한 골든 타임을 놓치지 않고 제때에 처방 받기를 바랍니다.

신약이 개발되는 것 못지않게 빠른 의료보험 급여화 등재가 필요합니다. 아직도 이해할 수 없는 논리로 같은 약제를 쓰는데도 비급여와 급여의 기준이 달라 환자들을 애타게 만들고 있습니다. 돈이 없어 치료 받지 못하는 일은 없어져야 합니다. 적절한 때에 좋은 신약을 처방 받아 암 진단만으로도 힘든 환자들이 돈 걱정 없이 치료에만 집중하는 환경이 만들어지길 바랍니다.

나는 도구 인간입니다

림프 부종

보통 3기까지의 환자들은 수술 전에 감시절 림프를 떼어내 전이 여부를 검사하고 전이가 없으면 림프를 보존합니다.

림프는 혈액과 함께 소화된 지방 성분을 혈관으로 운반하고 순환하는 길입니다. 이 림프가 없어져 순환이 원활하지 않아 붓게 되는 것을 림프 부종이라 합니다.

유방암 수술로 겨드랑이에 있는 림프를 제거하게 되면 림프액의 순환이 원활하지 않고 고여서 팔이나 다리가 붓고 피부가 단단해져서 통증이 생깁니다.

수술 후 담당 교수님의 장담대로 유방암을 일망타진하였습니다. 원발지인 유방과 절단면에는 암이 흔적도 없이 사라졌습니다. 하지만 간으로의 전이가 있어서 림프를 온전히 건사할 수가 없어 림프를 다 들어내는 곽청술을 했습니다.

수술 직후에는 수술 부위의 통증은 있었지만 종양을 제거했다는 개운함에 팔의 불편함을 못 느꼈는데 한 달 정도가 지나자 팔이 저릿저릿한 게 느껴져 재활의학과의 협진으로 물리치료를 받았습니다.

일주일에 두 번씩 약 일 년 동안 재활 치료 후 팔이 경직되고 굳는 것을 막고 '앞으로 나란히'가 어려웠던 팔 들기는 '만세'를 하는 정상 범위까지 돌아왔습니다.

하지만 붓기는 줄어들지 않고 점점 팔을 넘어 손가락까지 부어오르기 시작했습니다. 팔에 끼는 압박 스타킹과 손가락 장갑을 끼고 있으면 좀 덜했습니다. 잠을 자는 동안을 제외하고는 대부분 착용합니다. 그러지 않으면 퉁퉁 부어오르고 원상회복이 되지 않습니다.

부종을 예방하려면 수술한 쪽 팔 무리하게 쓰지 않기, 무거운 것 안 들기, 심지어는 단단한 것 썰기도 삼가라고 했습니다.

부종은 안 생기도록 예방하는 게 좋지만 발병하면 좀처럼 완치가 어렵습니다. 곽청술을 하고도 부종이 없는 환우들도 있는 것을 보니 수술 후 관리 여부에 따라 달라지는 것 같습니다.

어쨌든 팔이 불편하니 저는 될 수 있는 대로 수술한 팔로는 주사도 안 맞고, 혈압도 안 잽니다. 부종 없는 사람도 수술한 쪽 팔로는 주사나 혈압을 재지 말라고 합니다.

문제는 겉으로는 멀쩡하게 보이는데 무거운 것을 들거나 손으로 하는 일은 잘 안 하려고 하다보니 남들이 어찌 볼까 염려되어 외부 활동을 꺼리게 됩니다.

편의점에서 생수를 한 병 사서 마시려는데 도저히 뚜껑을 열 수가 없습니다. 왼손으로 하려니 익숙지 않아 힘을 못 쓰고 오른손 또한 뚜껑을 열 정도의 힘이 나오지 않았습니다.

오른손잡이인데 오른팔을 쓰지 못하니 여러 모로 불편합니다. 저의 생존 본능은 또 이렇게 발휘됩니다. 돌려 따는 뚜껑은 주방 가위 손잡이 부분에 톱니 모양으로 따개가 들어 있는 걸 이용합니다. 누구의 아이디어인지 아주 요긴하게 잘 쓰고 있습니다. 간장이나 양념 뚜껑같이 위로 밀어올리는 뚜껑은 아직도 간간이 손톱이 찢어지는 경우가 있어 씽크대 손잡이를 이용합니다.

손가락에도 부종이 있어 세밀한 작업은 어렵습니다. 특히 손끝이 심해서 감각이 좀 떨어지는지 바느질이 힘듭니다. 정확하게 젓가락을 잡으려면 엄지와 검지에 힘이 많이 들어가는데 아프고 불편하다보니 저도 모르는 사이 모양새가 틀어집니다. 마치 젓가락질이 서툰 것처럼 보입니다. 갑자기 왼손잡이가 될 수는 없으니, 가능하면 포크로 대체하는데 이 나이에 포크와 집게를 이용하다니요. 다소 우스꽝스러워도 불편한 손을 달래면서 살아가려면 어쩔 수 없습니다.

사람은 어떻게든 환경에 적응해 살아가게 마련입니다. 궁하면 통한다고 불편함을 줄이려 핸드폰을 쓸 때도 터치펜을 이용합니다. 손가락으로 할 때보다 부담이 줄어듭니다. 종일 컴퓨터 자판을 두드린 날은 다음날 자고 일어나도 손가락끝이 뻐근합니다. 볼펜은 종이에 닿기만 해도 술술 써지는 굵고 부드러운 심만 찾게 됩니다.

늘 팔에 하고 다니는 압박스타킹은 긴 옷을 입을 때는 문제가 없는데 더운 여름에 반팔을 입게 되면 그대로 노출이 됩니다. 사람들의 시선을 끄는 건 당연지사. 보는 사람마다 어디 아프냐고 걱정스레 물어옵니다.

외출할 때는 긴팔 옷을 입어 가릴 수 있지만 더운 날씨에 단단한 스타킹의 압박을 견뎌내는 것이 만만치 않습니다. 재활의학과 의사들은 여름만 지나면 환자들이 관리를 못해서 심해져서 온다고 진료 때마다 조심하라고 당부 또 당부를 합니다. 다행히 5년차에 접어드는 이때까지 크게 나빠지지 않고 유지하고 있습니다.

언젠가부터는 이나마 부종이 있는 게 나쁘지만은 않다는 생각이 들기도 합니다. 시간이 지나면서 암 경험자라는 생각을 잊고 사는 경우가 많은데 그럴 때 스타킹 착용한 팔을 보면서 경각심을 가질 수 있기 때문입니다. 세상에 나쁘기만 한 것은 없나봅니다.

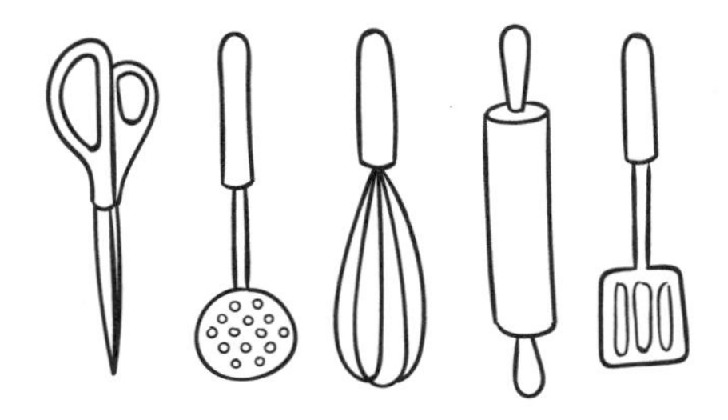

4기도 만성 질환처럼

우수하고 효과 좋은 신약 덕분에 4기 환자들에게 좋은 치료 결과가 계속 나오고 있습니다. 함께 치료 받던 4기 환우는 일반 항암과 표적치료제로 치료를 하던 중에 전이된 곳의 암이 사라지고 원발지인 유방의 종양이 작아져 부분절제로 수술하였습니다. 처음에는 간전이가 있는 허투 양성으로 진단받고 퍼제타와 허셉틴으로 2년간 치료하다 내성이 생겨 중단했지만 그 동안의 치료로 간전이 된 곳이 사라져서 부분절제 수술 후 다른 처방 없이 정기검진하면서 잘 관리하며 지냅니다.

4기 유방암은 수술이 의미가 없고 치료조차 기약 없다고 하던 몇 년 전과는 사정이 많이 달라졌습니다. 다른 곳으로의 전이가 사라지면 이전과 달리 적극적으로 수술도 고려합니다. 그러면 3기까지의 환자들과 같은 치료를 하게 되는 셈입니다.

재발로 4기를 진단 받은 환우 또한 표적치료제로 잘 치료하여 3년 만에 전이된 곳이 사라져 표적치료조차 중단하고 잘 지내고 있습니다.

목과 폐에 전이된 4기로 진단받은 호르몬 양성 환우 또한 입랜스 치료를 1년 한 뒤 전이된 곳의 암이 사라져 수술하고 이후에도 입랜스를 계속 처방 받으면서 잘 지내고 있습니다.

앞으로도 신약은 계속 나올 것이고 치료 환경은 더 좋아지고 4기 유방암도 만성 질환처럼 관리하며 지내는 시대가 곧 오리라고 봅니다.

문제는 이렇게 새로 나오는 신약의 보험 급여화 속도입니다. 급여화되기 전까지 비보험으로 처방 받아야 하는데 이 금액이 개인이 부담할 수 있는 범위를 넘어섭니다. 한두 번으로 끝나는 것이 아니라 지속적으로 치료 받아야 하는 암 질환의 성격상 빠른 급여화는 신약 개발 못지않게 중요합니다. 또 급여화되는 조건이 달라 같은 질환인데도 급여가 되기도 하고 안 되기도 합니다.

이런 불합리도 개선되어야 합니다. 사람의 생명과 직결되는 부분이므로 최대한 환자를 배려하는 정책이 나오기를 바랍니다. 이 기간이 지체되어 돈이 없어 치료를 못 받는 일은 없어야 합니다. 암 치료에도 골든 타임이 있습니다.

다시 찾은 일상

다 지나갑니다

표준치료가 끝나면 어느 정도 정상적인 일상생활이 가능해집니다. 죽을 것만 같았던 고통스런 항암의 기억도 희미해지고 몸이 회복되면서 마음의 고통도 사라집니다. 그때부터는 3개월이나 6개월마다 하는 정기검진만 잘 해내면 됩니다.

하지만 사람은 관성의 동물인지라 힘든 경험을 몸소 체험하고 나서도 어느 샌가 슬그머니 옛 습관이 다시 돌아오기도 합니다. 검진 때가 되면 긴장속에 마음을 졸이지만, 잘 관리하고 있다, 좋다,라는 말을 들으면 입꼬리가 실쭉샐쭉 올라가면서 다시 일상으로 돌아갑니다.

암 진단받고 처음 일 년간은 절망감에 아무 생각 없이 수동적으로 치료 받으며 시간을 보내고 있었습니다. 어느 정도 시간이 흐른 뒤, 안정감이랄까, 치료 과정에 대한 익숙함이랄까,

뭔지는 모르겠지만 정신이 돌아오더군요. 그제서야 제 병기도 알아보고 몸에 좋다는 것도 챙기게 되었습니다. 그 전에는 아무 의지 없이 병원에서 하라는 대로 수동적으로 흘러가게 내버려뒀던 것 같아요.

잠시, 쉼

시간은 제 사정 봐주지 않고 꾸준히 흘러갑니다. 이제는 암 진단이 바쁘게 정신없이 살던 나에게 휴식을 준 거라고 생각합니다. 두 아이 키우며 가정경제를 위해 내 자신을 돌보지 않고 겁없이 살던 나에게 더 무리하면 훅 간다, 그러니 쉬엄쉬엄 가자 한 듯합니다. 이 무지막지한 병도 다 지나갑니다.

의사 선생님 말처럼 암은 일망타진 가능합니다. 요즘은 이 말이 엄청 힘이 됩니다. 수술로 미진하면 방사와 항암으로 한 번 더, 그래도 모자란 게 있다면 꼭 낫겠다는 의지로, 운동과 음식으로 우리가 일망타진해 버립시다.

우리의 병을 안 이상 더이상 나쁜 일은 생기지 않을 겁니다. 뭐, 생겨도 씩씩하게 이겨낼 거니까요. 어떤 상황이 생겨도 잘 밀고 나갈 겁니다.

어떻게 암을 이겨냈을까요

한 발짝만 내딛어도
걱정은 가벼워집니다

일곱 개의 모자로 남은 시간들

탈모는 피할 수 없지만

2014년 12월 13일에 가슴에 뭔가 만져진다는 철렁하는 소리를 듣고 검사에 검사를 거쳐 유방암 간전이 4기를 확진 받은 날이 12월 26일입니다. 만 4년 6개월을 지나가고 있습니다.

암을 경험한 사람들은 생일보다는 매년 정기검진일을 챙기며 무사히 통과하면 서로 자기 일처럼 축하해 줍니다. 좋은 기운 받아 자신도 정기검진을 가뿐히 넘어보겠다는 바람에서입니다.

종양내과 주치의는 처음 진단결과를 설명할 때 4기라는 말은 하지 않고 "종양이 너무 크니 선항암으로 크기를 줄여 수술하면 좋다, 간부위에 있는 것도 그때 같이 수술하자"고 했습니다.

아무것도 모른 채 겁에 잔뜩 질려 시작한 1년여의 표준치료가 끝났을 때 든 생각은 처음부터 완치가 불가능하고 생존율이 35%에 불과한 4기라고 말해줬더라면 아마도 모든 걸 체념하고 어디론가 사라져버렸을 거라는 겁니다.

암이라는 진단만으로도 무너져버려서 앞으로의 치료과정을 제대로 인지하지도 않은 채 꾸역꾸역 표준치료를 마친 듯합니다.

자존감을 송두리째 빼앗아가는 탈모

치료중 가장 큰 두려움은 탈모였습니다. 암은 정상세포보다 빨리 자라는 녀석이고 그 성질을 이용한 항암치료는 암세포뿐 아니라 빨리 자라는 모든 세포들도 같이 제거해 나간다니 제일 분명하고 확실한 타깃이 머리카락이었습니다.

외모부터 암환자로 낙인 찍히는 탈모가 제일 견디기 힘든 난관이었습니다. 빠진 머리가 원래대로 자연스럽게 자라려면 2년여 세월이 필요하니 정말 고통스러운 날들이었습니다. 발병 사실을 주위분들에게 알리기 싫었던 나로서는 탈모와 함께 자연스레 사회와 단절 상태가 되었습니다.

첫 주사 후 2주 안에 머리가 빠질 거라고 예고되었지만 '설마 정말로 빠지겠어?'라는 생각으로 탈모에 대한 대비는 특별히 하지 않았습니다. 첫 항암 주사를 맞은 뒤 일주일 간은 아무 변화가 없었고, 그 다음주부터 약간씩 빠졌지만 그럭저럭 지낼 만했습니다. 그런데 딱 2주 후에, 아침에 일어나 머리를 빗으니 그냥 머리털이 뭉텅뭉텅 떨어져 나왔습니다. 길이감이 있던 터라 뭉텅 빠진 머리카락이 남은 머리털과 엉켜서 한마디로 아수라장이 되어 어떻게도 손쓸 수가 없었습니다. 급히 암병원 미용실로 가서 쉐이빙을 했습니다. 순식간에 거울에 나타난 낯선 모습, 더 이상은 묘사를 할 수가 없습니다.

이후 더 서둘러 티나지 않게 하던 일을 마무리지어야 했습니다. 십여 년간 해오던 일을 급하게 끝내려다보니 다소 무리는 있었지만 간신히 정리할 수 있었습니다.

급히 맞춘 가발은, 백여 만 원이 넘는 금액을 지불했는데도 자연스럽지 않았습니다. 가발 위에 다시 모자를 얹어도 어색함은 어떻게도 가릴 수가 없었습니다. 유독 자신의 어색함은 왜 그렇게 잘 보이는지.

우리나라 사람들이 모자를 잘 안 쓴다는 것도 새삼 알게 되었습니다. 젊은 사람들은 패션 아이템으로 모자를 이용해 멋을 냅니다. 노인분들은 건강상 이유로 쓰지만 제 또래 중년여성이 모자를 쓰는 경우는 드물어 일상생활에서 쓸 마땅한 모자를 찾기 힘들었습니다.

가발이 어색해 그 위에 모자까지 쓰고 외출하면 이번에는 모자가 화제가 되어, 모자 멋있다, 한번 써보자고 하는 통에 또 질겁합니다. 그렇게 2년이 지나고 나니 짧으나마 자연스럽게 머리가 자라고 몸도 일상도 제자리로 와 있었습니다.

모자는 사랑입니다

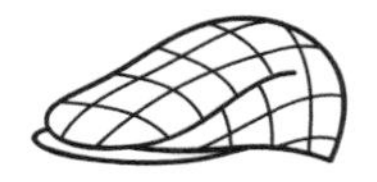

진단 후 첫 겨울은 몸도 마음도 얼어붙어 버렸습니다. 민머리가 되고는 집에서도 머리가 시려서 잘 때도 비니를 쓰고 잤습니다. 겨울 산책길은 어찌나 추운지 비니 위에 등산용 모자를 또 쓰는데 이 모자는 눈과 입만 뚫려 있어 완전 보온이 될 뿐 아니라 민머리도 감쪽같이 감출 수 있어 좋았습니다.

여름에는 밭일 할 때 쓰는 챙 넓은 모자를 썼습니다. 따가운 햇볕을 가려주고 모자 뒤에 후드까지 달려 있어 목이 햇빛에 타는 것도 막아줍니다. 완전 탈모로 인해 구레나룻과 머리카락 한 올도 없는 민머리 감추기에 아주 좋았습니다.

집에 있거나 운동할 때는 아무거로나 머리를 가려도 괜찮습니다. 하지만 산책이나 운동 외에 일상에서 모자를 쓰기는 어색합니다. 지인들에게 발병 사실을 눈치채게 하지 않으려고 위장하는 게 힘들었습니다. 가발은 평소 머리 스타일로 맞췄으니 괜찮을 거 같았는데, 제 자신이 어색해서, 특히 정수리가 너무도 부자연스러워 모자로 한 번 더 가려봅니다. 이때는 좀 비싼 걸로라도 자연스러움을 연출하기로 했습니다.

즐겨 쓰는 모자에 헌팅캡 스타일이 있습니다. 이건 유난히 앞머리가 안 자라서 앞머리 가리는 용도로 쓰던 것으로 지금도 사용합니다. 젊어 보이기도 하고 패션 센스가 있다는 말을 듣기도 합니다.

겨울용 삐에로 모자도 빼놓을 수 없습니다. 패션 센스라고는 하나도 없는 아들과 등산용품에서 고른 털모자로 밝은 이미지를 주려고 나름 흰색과 주황 조합의 모자를 골랐는데, 욕심이 과했는지 무채색이 주종을 이루는 겨울 패션 속에서 산이 아닌 곳에서는 단연 돋보여서 두고두고 삐에로 스타일이라는 악명이 붙었습니다.

이 모자의 장점은 내가 이 모자를 쓰고 두 번쯤 나타나면 세 번째는 그쪽에서 먼저 알아본다는 겁니다. 이 모자로 인해 알게 된 카페 직원과는 지금도 친분을 유지하고 있습니다. 이래저래 자주 찾게 되는 병원 카페에서 나를 알아보고 유쾌하게 웃어주는 직원이 있으니 병원 방문길도 약간 가벼워집니다.

딸애가 제게 신경 쓴 제1품목도 모자입니다. 재작년부터 지금까지 즐겨 쓰고 다니는 베레모풍의 남색 모자는 저의 스타일로 굳어졌습니다. 이제 겨울철에는 모자 없이는 외출하기 힘들 정도입니다.

추리고 나니 일곱 개지만 한때는 온통 모자에만 집중하고 살던 시절이 있었습니다. 보기에 괜찮아 샀지만 쓰지도 못하고 버린 모자도 부지기수입니다.

치료 기간 동안 가족들의 선물 일순위는 늘 모자였습니다. 제 마음을 위로하고 회복을 격려하려는 배려가 모자를 통해 전해져 옵니다. 그렇게 2년이 지나고 나니 짧으나마 자연스럽게 머리카락이 자라고 지금은 몸도 일상도 제자리로 와 있습니다.

일상은 계속됩니다. 저도 아무렇지도 않은 듯 슬쩍 일상에 스며듭니다.

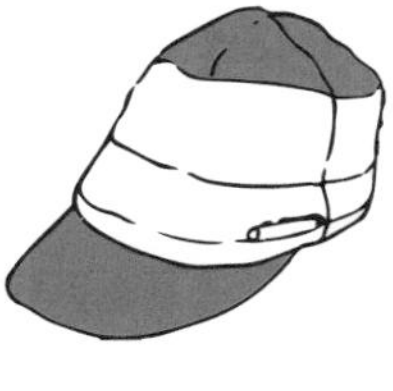

육체에 갇힌 마음

답답하고 무기력한 시간들

유방암을 진단 받고 나서 수술 전 항암 치료 기간은 사실상 거의 기억에 남아 있지 않습니다. 그 기간 만큼 뭉텅 잘라낸 것 같습니다. 기억을 한들 3주마다 같은 일상이 되풀이돼서 그날이 그날 같습니다.

물론 항암의 부작용들을 저도 피해가지는 못했습니다. 3주 간격으로 진행된 항암 치료는 일정한 패턴이 있어서 항암주사 후 첫 일주일간은 오심 구토 설사 등으로 힘들었고, 그 다음 한 주 동안 부작용의 최고점을 찍고는 세 번째주에는 부작용은 거의 사라지고 몸이 다시 항암을 받아들일 준비를 하는 듯이 약간 정상의 컨디션을 회복합니다.

차수가 진행됨에 따라 항암약이 몸에 축적되는 탓인지 통증은 강도가 더해갔습니다. 하지만 힘들면 원래 항암이 그런가 보다, 이게 다 지나야 뭐가 돼도 되지 않겠는가 하는 생각이 들었습니다.

증세나 예후가 궁금해서 검색을 할라치면 서툴러서 그런지 암환자를 돈벌이로만 보는 상업용 정보만 먼저 보였습니다. 너무 힘든 내색을 하면 가족들이 걱정을 할까봐 그냥 누운 채로 자는 건지 깨어 있는 건지 불분명한 혼몽 상태로 시간을 보냈습니다.

보이지 않는 몸속은 어떤지 모르겠지만, 겉보기에는 사지가 멀쩡하니 뭐라도 하고 싶었지만, 잠시 집안을 거니는 것 외에는 기운도 의욕도 없었습니다.

머릿속으로는 파노라마처럼 지난 세월들이 흘러갔습니다. 사진처럼 남아 있었던 어린 시절의 한때가 떠오르기도 하고, 실제 겪은 일인지 책 속의 한 장면인지도 구분이 모호하게 떠오르다가 사라지곤 합니다.

몸에 갇혀 아무것도 할 수 없었던 경험이 생생합니다. 머리로는 온갖 것을 해보려 욕심내는데 몸이 말을 듣지 않아 답답하기 그지없었던 무력감을 지금도 기억하고 있습니다. 바닷가의 모래알을 세는 것처럼 지루하게 영원히 끝나지 않을 것 같은 날들, 하염없이 시간이 흐르기를 기다리던 치료 기간의 나날들, 다시 겪고 싶지 않습니다.

내가 할 수 있는 일이라고는 머릿속으로 생각만 하는 것과 가만히 누운 채 눈으로 보기만 하는 것뿐이었습니다. 지나간 일들이 문맥도 없이 뜬금없이 머릿속에 떠올랐다가 사라지곤 합니다.

엄마의 손을 잡고 초등학교 운동장에 서있는 입학 당시의 모습, 중학교 졸업식을 마치고 학교 앞 중국집에서 자장면을 먹던 일, 첫아이를 낳은 뒤 애를 포대기에 업고 산책 삼아 동네를 쏘다니던 일, 갑작스런 엄마의 죽음으로 인해 금방이라도 끝날 것 같던 내 삶과 슬픔의 고통이 불과 몇 시간 후에 찾아온 배고픔에 여지없이 무너지는 어이없음 등등. 물색도 없이 인과관계도 없이 떠올랐다가 사라졌습니다.

전에 지인이 몇달간 중환자실에 있다가 회복된 얘기를 들었습니다. 의식은 있는데 말도 못하고 온갖 기곗줄에 묶여서 할 수 있는 것이라곤 머릿속으로 지난 일을 떠올리는 것뿐이라고 했습니다.

당시는 그 말을 들으면서도 무슨 뜻인지 이해하지 못했는데 머릿속으로 지난 일들을 반추하는 것이었습니다. 그 지인처럼 저도 가만히 지난 일을 되새기다보니 아주 외울 지경이 돼버렸습니다. 지난 일을 떠올리면서 기쁨이나 슬픈 감정들은 다 여과되었습니다. 다시 떠오른 과거의 일들은 한번 일어난 일 일뿐이었습니다. 바꾸거나 되돌릴 수 없는.

시간이 흐르면서 다행히 몸이 회복되면서는 가능한 한 최대한 움직이고 운동하려 했습니다. 끼니마다 밥을 기다리지도 않고 밖으로 나가 신선한 공기를 마시고 삶의 의지를 되살리고요.

서두르지 않아도
멈추지는 않습니다

상처를 직시하고

진단 받은 지 20개월, 수술 받은 지는 16개월 지나갑니다. 전절제 후 복원 안 한 가슴은 흉하게 옆으로 쭉 째져 있습니다. 늘 통증으로만 느끼던 그 가슴을 그 부위를, 오늘은 16개월 만에 정면으로 직시해 봅니다.

첫 진단시의 절망감, 죽을 것 같은, 끝나지 않을 것 같았던 항암의 고통은 아이러니하게도 지금은 기억조차 가물가물합니다.

진단 후 대중탕에서의 목욕과 수영은 엄두도 못 냈습니다. 가끔 여행지에서 제공하는 스파와 수영장을 이용하며 아쉬움을 달랬습니다. 그것도 인적이 드문 심야나 새벽 시간대에. 뭐 별거 아니더라구요. 이렇게 하면 되는걸.

모든 행동을 제약하는 가장 큰 장애물은 바로 저 자신이었습니다. 오늘 용기 내어 들여다본 제 상처, 그것은 훈장이었습니다. 그리고 힘들게 이겨낸 지난 시간들을 잊지 말자는 기념비 겸 경고입니다. 힘든 싸움을 잘 이겨내고 앞으로도 사랑하는 가족과 늘 함께 하라는 메시지를 제 몸 안에 새겼다고 생각합니다.

일상은 이렇게 흘러갑니다. 저도 2년여를 향해 달려갑니다. 어느덧 완치라고 가늠하는 5년의 반환점을 향해 가고 있습니다. 끝까지 달려가겠습니다. (2016. 8)

노아의 방주에 올라타다

병원에 들어서면 으레 기도부터 하게 됩니다.

"여기 오는 모든 이에게 치유와 위로를 주십시오."

무려 3년이나 다닌 병원에서 이제야 처음으로 눈에 들어오는 것이 있습니다. 제가 다니는 신촌 연세 암병원에 들어서면 병원 1층 로비에서 2층으로 올라가는 계단 오른쪽으로 거대한 나무 구조물이 보입니다. 이 나무 구조물이 2층 천장까지 연결돼 있고, 왼쪽으로는 거대한 하얀 원기둥이 자리하고 있습니다. 1층 로비에서 5층까지 뚫려 있는데 이 빛의 기둥은 에스컬레이터 운행 공간을 통해 5층까지 연결되어 있습니다. 이토록 거대한 구조물을 그동안 알아보지 못했던 것은 한눈에 들어오기에는 워낙 큰 조형물이기도 하거니와 병원에 드나드는 동안 마음에 여유가 없었기 때문인 듯합니다.

이 조형물의 존재를 인식하고 눈여겨보니 노아의 방주 형상입니다. 인류 최초 최대의 홍수에 각 생물 종별로 한 쌍씩만을 거두었다는 노아의 생명선에 제가 올라타는 의미입니다. 절망으로 시작한 치료를 위해 드나든 곳이 생명, 구원의 상징인 노아의 방주라니요. 환자를 대하는 병원의 의지가 느껴집니다.

이곳에 들어오는 사람 모두 구원의 희망을 가지라는 의미이고, 의료진들 또한 노아의 심정으로 환자들을 대하리라고 믿습니다. 하얀 빛의 기둥은 5층까지만 시야에 드러나 있지만 그 끝은 구원까지 닿아 있을 듯합니다.

병원에서 하는 진료와 직접적인 치료 외에는 모두가 사치로 여겼는데 저리 귀한 메시지가 들어 있는 조형물은 존재 자체

가 위로가 됩니다. 저 또한 부디 생명선에 무사히 올라 천수를
누리겠다는 욕심을 한껏 품어봅니다.

이 의미를 알고 나서부터 병원 들어서는 마음이 좀더 기쁘고 가벼워졌다면 너무 간사한 걸까요? 몸도 마음도 그만큼 여유가 생겼다는 뜻일 겁니다. (2017. 10)

혈관 주사는 한방에!

원샷 원킬!

주사 맞을 때마다 제가 외우는 주문입니다. 매 3주마다 표적 치료제를 혈관으로 맞아야 하는 저로서는 처음 바늘 꽂을 때 한 번에 주사를 성공시키는 행운을 기대합니다.

수술한 쪽의 팔에는 주사를 삼가야 해서 남은 한쪽 팔로만 주사를 맞으려니 여간 고역이 아닙니다. 중간에 정기검진으로 인해 조영제라도 더 맞게 되는 기간이면 도대체 주사 바늘을 어디에 꽂아야 할지 저도 간호사도 정말 난감합니다. 주사의 위엄을 당사자인 혈관이 너무나 잘 알아 주사 맞을 때가 되면 재빨리 숨어버립니다.

하지만 환자의 입장을 백 번 배려하는 그분들의 정성스런 손

길과 연륜을 더한 노련함 때문에 90프로 이상 한방에 주사바늘 꽂기가 성공하지만 드물게 두번 세번 시도해야 하는 경우도 있습니다. 일상적이고 평범한 것은 당연시 여기고 나쁜 것만 오래도록 기억되는 법칙 때문에 대부분 성공하던 확률을 무시하고 팔뚝을 내놓을 때면 늘 엄살 부립니다.

"한 번에 잘 부탁 드려요."

이번 주사도 역시나 한방에 성공했습니다. 생명수를 맞는 거겠거니 최면을 걸며 두 시간여에 걸친 주사를 무사히 맞습니다. (2017. 10)

유난히 커피가 고프다

유방암 경험 3년차, 5년 완치율을 따지는 이곳 관행으로는 절반의 성공입니다. 계속 살얼음판을 걷는 마음으로 살아가겠지만, 정기검진과 채혈을 위한 금식으로 물 한 모금도 못 마신 몸은 병원에 들어서자마자 번지는 커피향에 적극적으로 반응합니다.

병원 냄새(크레졸 소독약 냄새)가 진동한다는 소설 속 상투적 표현은 이제 사라져야 할 듯합니다. 병원 로비에 자리잡은 유명 커피 체인 판매대에서는 진료 대기표 뽑는 것보다도 빠른 속도로 커피를 뽑아댑니다. 검사를 마치고 제가 곧바로 갈 곳도 저곳입니다.

이른 아침부터 병원은 늘 환자와 보호자들로 북적댑니다. 흰 마스크와 비니 등이 많이 보이는 것이, 이곳이 암병원임을 말해줍니다. 검사실 앞에서는 밤새 금식했을 환자들의 핼쑥한 얼굴들이 보입니다. 저 역시 마찬가지로 다소곳이 앉아 제 차례를 기다립니다.

몇 년 전 동네 인근 대학병원에서 여성암 전문병원이라고 간판을 새로 내걸었는데 저녁시간 집에 돌아가는 길에 벌겋게 번쩍거리는 여성암 전문이라는 글자를 보고 두려움으로 몸서리쳤던 기억이 납니다. 그만큼 암 근처에는 절대 가기 싫었는데……. 여성병원으로 특화시키려는 병원의 홍보 욕심이 만들어 낸 것이지만, 어두운 밤 컴컴한 건물 위로 깜박거리는 붉은 불빛은 당시에 건강체였음에도 위기감을 느끼기에 충분했습니다.

병원에 들어서면 자동적으로 주문을 외웁니다.

"이곳에 있는 모든 분들 부디 평안하시길."

병원이라는 특수상황에 맞게 의료진과 일반 근무자들 모두 친절합니다. 짜증내 묻은 환자들의 요구를 친절히 다 받아줍니다. 어쩌겠어요. 조금 형편이 나은 사람이 봐줘야지요. 진즉 도착 확인을 했는데도 진료방 앞에 이름이 뜨지 않아 물어보니 제 이름이 빠져 있답니다. 좀더 기다려야지 별 수 있나요.

거의 매주 검사와 진료로 병원을 들락거리다보니, 병원이 내 집처럼 편안하게 느껴지기까지 합니다.

그 사이에 낯익은 간호사들이 출산을 하고 다시 복귀를 합니다. 제가 그렇게 긴 세월 동안 치료를 받았다는 말이겠지요. 그분들은 〈환자1〉인 저를 기억 못하지만 저는 그분들을 알아봅니다. 뭐 그렇다고요. (2017. 11)

마음이 지옥입니다

하지만 지금은 지옥 탈출입니다. 지난 겨울 날씨가 유난히 추웠습니다. 마음이 몸의 지배를 받는 건지, 몸이 마음을 지배하는 건지 몸이 안 좋으면 기분도 찌그러들고 좋은 일이 생기면 어깨춤이 절로 나는 게 다 상관이 있나봅니다.

지난주 내내 감기를 달고 살았습니다. 감기도 안 떨어지고 약을 먹으니 장 순환도 마땅치 않아서 배변도 힘들었습니다. 배변이 힘드니 먹는 것도 고통이지요. 악순환의 연속입니다.

날도 춥고 운동도 자유롭지 않아 변비약의 도움을 받노라니 죽을 맛입니다. 게다가 엎친 데 덮친 격으로 요로 방광 통증까지. 항암시 한번 겪었는데 요즘 더 빈번해지면서 신경을 건드리고 있습니다.

지난달에는 요로 염증으로 항생제 먹느라 정말 고생했습니다. 이번에는 소변 검사상으로 염증 소견이 없는데 방광 통증이 너무 심해서 잠을 못 잘 지경입니다. 급한 대로 타이레놀 처방으로 임시방편하면서 비뇨기과 협진을 받는 데 열흘이나 걸렸습니다.

그나마 다행으로 여긴 것이 비뇨기과 암센터가 아니고 일반 비뇨기과로 연결이 되어 암은 아닌가보다, 하면서 다소 안심한 겁니다. 그간의 고생은 말할 수 없지요.

한마디로 마음이 지옥이지요. 이렇게 원인 모를 증상으로 통증을 겪다보면 자연스레 원 고질병, 암에 대한 의심이 증폭됩니다.

"뭐야, 이거 재발이야? 전이야?"

귤을 많이 먹어서 손이 노래졌을 뿐인데도 간수치 먼저 의심하고, 그러면 그때부터 마음은 지옥을 헤맵니다. 혼자서 소설을 씁니다.

진통제로 진정이 되었다가도 불쑥불쑥 떠오르는 불안감. 간신히 떨쳐내면 다시 스멀스멀 피어 올라오고. 그렇다고 해서 이 요도 방광 통증으로 인터넷을 검색하기는 싫었습니다. 무언지 모를, 짐작도 못할 어마어마한 것이 튀어나올까봐서요.

어쨌든 결론은 일단 안심입니다. 어렵사리 협진 받은 비뇨기과에서는 염증 소견이 약간 있지만 의심할 만한 특이점이 안 보인다, 항생제 좀 먹어보고 소변 편하게 보는 약 처방하고 지켜보자 합니다.

최근 검사자료에서는 이상 소견이 안 보이는데 방광을 불편하게 하는 무엇인가가 있지만 그리 염려할 정도는 아니라고 합니다. 과연 처방 받은 약을 먹으니 많이 좋아졌습니다.

몸이 좋아지니 마음도 따라 풀어집니다. 몸이 아플 땐 음악도 귀에 안 들어오더니 기분이 좋을 때는 김연자의 〈아모르 파티〉와 마이클 잭슨의 〈beat it〉이 제격입니다. 기쁜 마음을 제일 잘 즐기게 해주는 음악입니다.

어쩌겠어요, 아프면 아픈 대로 힘들면 힘든 대로, 그에 맞춰 치료하거나 관리하면서 살아야겠지요.

진료실 밖에서 굉장히 불편해 보이는 분을 보았습니다. 자리를 양보하며 편히 앉으시라고 하니, "원래 아파서 편하게 못 앉아. 이러구 살면 뭐해." 하시는 겁니다.

얼마나 힘드시면 그런 말을 하실까, 손잡아 드리고 싶었지만 놀라실까봐 "병원에 오셨으니 좋아질 거예요." 하고 나니 꼭 그분을 향해서가 아닌 저에게 진심으로 전하고 싶은 말이었음을 깨닫습니다. (2018. 2)

비육지탄

비육지탄, 허벅지살을 탄식한다는 뜻으로, 게으름 피우며 허송세월을 보내는 자신에 대한 자기 반성의 의미를 담고 있는《삼국지》유비에 관한 고사성어입니다.

1월엔 추운 날씨 때문에, 1년 정기 검진 검사차 병원에 들락거리느라, 2월엔 설 명절 전후로 소소한 일상 때문에 산행을 안 해서인지 옆구리 살이 삐져나오려 합니다. 마음이 해이해졌는지 체중이 2kg이 늘었습니다. 3kg 빼야지 하고 있었는데 결과적으로 5kg이 늘어난 셈입니다. 유방암에 비만은 절대 금물이라는데 점점 초심을 잃어가는 듯합니다.

행인지 불행인지 시간은 빨리 흘러갑니다. 어느새 또 일 년이 지나가버렸습니다. 처음 진단 받았을 때는 무조건 시간이 빨리 지나가기를 바랐습니다. 빨리 시간이 지나야 5년 생존율의 문턱을 넘을 거란 생각 때문이었습니다.

요즘 과일이 맛있어서 그 유혹을 못 이긴 결과입니다. 면역력을 위해서는 토마토를 먹어야 하는데, 그 옆에 달콤한 홍시가 있으니 손이 달콤한 홍시 쪽으로 가는 것은 당연합니다. 다시 운동과 절식을 시작합니다. 금식도 좋고 검사도 좋고 이름이 가끔 누락되어 진료 대기가 길어져도 좋으니 경과 좋게 꾸준히 다녔으면 하는 바람입니다. (2017. 2)

7976388? 8101046?

숫자로 나타나는 내 모습

병원 진료 번호 7976388입니다.

외출할 때는 최대한 신경 써서 화장을 하고 옷매무새를 만지고 나갑니다. 기왕이면 아픈 티 내지 않고 건강하고 예쁘게 보이고 싶습니다. 다른 사람들에게 잘 보여서 나쁠 게 없지요.

하지만 병원 검사실 앞에 도착해서는 무장해제됩니다.

"액세서리 다 빼시고 검사복으로 갈아입고 대기하세요.
진료번호 확인합니다. 7976388!"

기껏 공들여 꾸미고 대접 받으려는 마음을 여지없이 무너뜨립니다. 병원에 들어서는 순간 나는 자연인 아무개에서 진료

번호 7976388의 환자로 변신합니다.

각종 검사와 진료의 정확성을 기하고자 병원에서는 매 검사와 진료시마다 환자 번호와 이름을 자신들이 들고 있는 차트와 꼼꼼하게 대조 확인합니다.

이제는 제 자신을 대표하는 숫자가 되었습니다. 내 이름을 부르면 몸부터 반사적으로 반응하는 것처럼, 병원에서 내 진료번호를 부르면 나도 모르게 앉은 자리에서 벌떡 일어나게 됩니다.

저를 대변하는 몇 가지 숫자가 있습니다. 제일 먼저 출생신고 때부터 평생 따라다니는 주민등록번호로 시작해서, 초중고 다닐 때는 몇 학년이냐고 물으면 몇 학년 몇 반 몇 번까지 자동으로 쏟아져 나옵니다. 다음은 내 전화번호, 이건 나보다 남이 잘 사용하는 거라 갑자기 내 전화번호를 물어오면 순간 더듬거리기까지 합니다.

대학에 들어가니 신기한 번호가 하나 더 생겼습니다. 바로 학번입니다. 8101046. 이 학번은 아직까지도 물으면 바로 떠오릅니다. 굳이 외우려고는 하지 않았는데 당시에는 늘 쓰던 거라 입에 붙어버렸습니다. 전국 공통으로 학번을 알면 개인적인 차이는 있겠지만 대충 생물적 나이가 유추됩니다. 남자들의 경우에는 여기에 군번이 추가될 것입니다. 입사를 하면 입사 기수까지 추가되겠지만, 저는 여기까지.

내 생에 숫자는 이걸로 끝인 줄 알았는데 유방암 진단으로 인해 치료와 정기검진 등으로 병원 왕래가 잦아지면서 무엇보다 병원 진료번호를 더 많이 사용하게 됩니다.

진료번호에도 패턴이 있습니다. 진료실 앞에서 차례를 기다리노라면 대기화면에 이름 한 글자를 가리고 진료번호가 동시에 뜨는데 짐작으로 병원에 오래 다닌 사람일수록 번호가 작고 최근 등록한 환자일수록 번호가 커지는 것 같습니다.

진료실에서의 가슴 떨리던 초기 시절과 달리 이제는 덤덤한 마음으로 차례를 기다리고 있습니다.

블레스 프로젝트

함께 가야 멀리 갑니다

표준치료가 끝난 후에 표적치료와 정기검진을 계속하면서 완치와 회복에 도움이 되는 강좌를 많이 들었습니다. 건강을 회복하고 일상 복귀에 조금이라도 도움이 되는 것이라면 다 찾아다녔습니다.

대부분 대학병원에서는 암 정보센터를 두어 환자들의 재활 의지를 돕는 강좌와 환자와 보호자를 위한 건강 정보 프로그램을 많이 개설해 두고 있습니다.

제가 참여한 교육중에서 인상에 남는 것은 〈림프 부종을 예방하기 위한 스트레칭〉과 〈주치의와 함께 하는 라인댄스〉 〈동작 심리 치료〉입니다. 그런 모임에 가면 같은 처지의 환우들을 만나 위안을 얻고 회복에 대한 의지를 더 갖게 됩니다.

이 과정에서 김수 교수님을 만난 것은 제 인생의 큰 행운이 되었습니다. 연세대학교 간호대학 교수로 계시는 김수 교수님께서 이끄시는 〈피로 경험하는 유방암 여성을 위한 운동 유지 프로그램〉에서입니다. 이후에는 블레스(BLESS) 프로젝트로 불렸습니다.

신청 당시에는 막연히 이제껏 참여했던 것과 크게 다르지 않을 것이라고 생각했습니다. 하지만 블레스 프로젝트는 몸과 마음을 함께 아우르는 프로그램으로, 환우들이 자신의 아픈 곳을 드러내고 서로 위로받고 위로할 뿐 아니라 실제적으로 육체적인 피로를 풀 수 있는 동작 연습을 겸했습니다.

일회성으로 끝나지 않고 일 년으로 기획되어 매번 프로젝트마다 피로를 풀 수 있는 스트레칭 동작을 배우고, 각자 일상에서 반복하여 실천한 뒤 체력을 측정해서 다음 모임의 결과와 계속 비교했습니다. 부지런하고 꾸준히 하는 환우들은 확실히 효과가 좋아 체력도 좋아지고 직장으로 복귀한 뒤에도 도움이 됐다고 합니다. 운동 능력 외에도 마음을 힐링하는 프로그램도 함께 해서 일 년여간 효과를 많이 보았습니다.

블레스 프로젝트에 참여하는 동안 《원데이 원힐링 다이어리》가 결실을 보았는데 이 프로그램의 도움이 적지 않았다고 생각합니다.

무엇보다 유방암에서 놓여나 뭔가 스스로 가치 있는 일을 하고 싶다는 제 안의 욕구를 깨워 주었습니다. 책 인쇄 직전에 어렵사리 추천사를 부탁 드렸는데 교수님의 주옥 같은 격려글을 받았습니다. 감사하다는 말로도 모자랄 지경이었습니다.

프로그램 마지막 시간에 그간 함께 하던 운동을 동영상으로 제작해서 나눠주었습니다. 프로그램이 끝나도 스스로 꾸준히 운동을 하도록 한 배려입니다. 아침마다 동영상을 보고 따라 하면서 회복 의지를 다지고 있습니다.

그때 만난 환우들과는 지금도 교류를 하고 있습니다. 심리적으로 서로 의지도 되고 건강한 일상을 공유하며 격려하며 지냅니다.

기본적인 치료는 병원과 의료진이 하겠지만 환자 스스로도 일상에서 건강하게 지낼 수 있도록 노력하는 것은 중요합니다.

립스틱 짙게 바르고

외모에 그다지 많이 신경 쓰고 살지는 않았지만 다른 사람에게 좀 괜찮게 보이고 싶은 마음은 남과 다르지 않습니다. 기왕이면 다홍치마라고 실제 외모보다 좀 낫게, 그럴 듯하게 보이는 게 좋으니까요.

진단 받기 전에는 나이가 들어 눈가가 처지는 것이 제일 신경이 쓰여 화장을 할 때는 눈매가 날렵하고 또렷해 보이도록 애썼습니다. 화사한 톤으로 메이크업도 하구요.

암 진단 후 초기에는 화장을 전혀 하지 않았고 차차 화장품도 가려 쓰는 게 좋다 하여서 기초 화장품만 겨우 발랐습니다. 하지만 운동하러 자주 나가게 되고 환우 모임에도 참여하면서 외출이 잦아지자 색조 화장을 곁들이게 되었습니다. 최대한 환자티가 안 나도록 신경쓰면서요.

아프기 전에는 가까이 지내는 지인들 선물은 주로 입술이 돋

보이는 립스틱을 주로 했습니다. 가정주부들이 여간해서는 자신들을 위한 물건은 잘 안 사는 경향이 있어서 생일 선물만은 오롯이 당사자가 직접 쓰는 물건으로 마련했습니다.

립스틱이 화장품 중에서도 가격대가 부담도 적고, 평소 자신이 쓰던 취향과 어긋나더라도 유행 색조를 선물하면 한 번씩 기분 전환 삼아 본인 스타일이 아닌 것을 쓰는 것도 괜찮다고 생각합니다.

그리고 시간 여유가 없어 화장을 못하고 급하게 나갈 때 립스틱만 살짝 발라도 얼굴에 생기가 돌아 화장 안 한 민낯을 감추는 효과도 있습니다. 저 역시 립스틱 선물은 부담없이 기쁘게 잘 받았습니다.

환우들끼리는 생일보다는 서로의 정기검진일을 챙겨줍니다. 표준 치료가 끝나면 6개월마다 정기검진을 하는데, 원발지인 유방을 비롯해서 전이나 재발 여부를 정기적으로 점검하는 검사입니다.

이 검사를 잘 해내고 나면 검진 기간 동안 움츠러들었던 몸과 마음이 다시 피어납니다. 가장 기쁜 날이기에 검진 때가 되면 서로 응원하고 자기 일처럼 기뻐해줍니다. 이럴 때도 단연 립스틱 선물이 좋습니다.

요즘 젊은 환우들은 진단 받고 나서 항암 치료 들어가기 전에 눈썹 문신을 하곤 합니다. 눈썹 역시 사람의 외모를 돋보이게 하는 곳입니다. 항암 부작용으로 인한 탈모에도 눈썹은 예외가 아니어서 미리 눈썹 문신을 하는 것도 좋다고 생각합니다. 고되고 지루한 치료 기간 동안 자존감을 세워줄 수 있는 것이라면 크게 무리하지 않는 선에서 미리미리 하는 게 좋습니다. 암을 상대로 꼭 이길 준비를 하는 것 같아 더 좋아 보입니다.

치료를 두려워하지 않고 당당하게 맞선 그대! 선배 환우가 립스틱으로 응원합니다.

젊은 암 환우를 위한 기도

아침에 일이 있어 운전하며 가던 중 긴 정지 신호를 기다리다가 버스를 기다리는 한 여자분과 눈이 마주쳤습니다.

너무도 눈에 익은 모습이라 정류장 부근, 사람들이 붐비는 가운데에서도 한눈에 들어왔습니다. 챙 달린 모자 아래로 머리카락이 한 올도 보이지 않는, 치료중인 암 환우의 모습입니다. 쏟아지는 햇살을 챙 달린 모자로 막고 있었지만. 모자 안은 민머리임을 알아챌 수 있었습니다. 무더운 날씨를 감당하기 힘들어 민머리를 모자로만 가린 모습에 4년 전 제 얼굴이 겹쳐졌습니다.

몇 년 전 여름의 제 모습입니다. 더위 따위에 아랑곳하지 않는 무심한 표정으로 지금의 그녀처럼 서 있었을 겁니다. 당시에는 절망감에 가득 차서 누가 나를 보든지 말든지 다른 사람의 시선까지 의식할 여유가 없었습니다.

"볼 테면 보라지. 본들, 뭐 어쩌라구!"

이맘때, 더위마저 기승을 부리던 때, 저는 민머리를 가리기는커녕 모자를 써도 속이 비치는 모자를 쓰고 다녔으니 말입니다. 산다는 게, 살아야 하는 게 힘들기만 해서 속절없이 시간이 흐르기만 바랐고, 병원에서 정한 일정을 마지못해 따라가는, 내 자신도 어쩔 수 없었던 그 막막한 시간들이었습니다.

그런데 오늘 본 그녀의 모습은 당당했습니다. 고와 보이기까지 했습니다. 이제 30대 중반대 나이인 듯한 젊은 환우였습니다. 막 항암을 시작한 듯 모자 아래는 민머리고, 혈색은 좋아 보였습니다.

불과 1,2분 가량 스쳤을 뿐이었지만, 저는 그녀를 위해 기도했고 그녀가 잘 이겨내 암에서 벗어나 일상으로 돌아오리라는 믿음을 보냈습니다.

이 한낮에, 더위 속에 당당하게 선 그녀의 모습에서 그녀가 치료를 잘 받고 완치될 거라는 게 느껴졌습니다.

그녀를 위해 간절한 마음으로 글을 씁니다. 누군가 그녀를 위해 기도하고 있으며, 그녀 또한 완치하여 나 같은 마음으로 또 다른 누군가에게 힘이 되어 줄 거라고 믿습니다.

여름으로 살리라

생명력이 피어나는 계절

당신의 삶을 계절로 표현한다면, 당신이 꿈꾸는 계절은 어떤 모습인가요?

한치의 망설임 없이 답합니다.

"여름이 좋아요!"

모든 살아 있는 것들의 생명력이 왕성한 계절, 여름! 봄이 되면 겨우내 추위에 움츠러들었던 몸이 만물이 소생하는 기운을 받아 서서히 살아나는 게 느껴집니다. 그 기운으로 완전히 만개한 여름에는 마음껏, 제 양껏 세상을 활개치고 사는 느낌입니다.

극성스러운 모기떼, 종일 울어대는 매미들도 다 목청껏 한세상 사는 거지요. 다소 연약하고 힘이 부친 생물들도 그나마 맘껏 제 세상을, 자신의 생명력을 피워 올리는 계절입니다.

여름만 계속되어도 좋겠습니다. 나도 있는 힘껏, 마음껏 푸름을 내뿜고 싶습니다. 후회 없도록.

준비된 이별 따위는 없습니다.

가을은 결실의 계절이라지만, 조금씩 추워지는 열악한 환경이 힘에 부치고 견디기 힘든 생물들은 이제 세상과 하직할 준비를 해야 하는 쇠락의 계절입니다. 물론 나름대로 한세상 살다간 결실을 내놓긴 하겠지만.

아프고 나서는 지는 석양도 예뻐 보이지 않고, 떨어지는 낙엽은 더더욱 감당하기 힘듭니다. 엄살이 너무 심한가요? 떠오르는 해, 생생하게 푸른 이파리 등 생의 활력을 돋우는 것들을 보면 반갑고 삶에의 의지가 더 솟아오릅니다.

여름을 즐기려면 더위쯤은 흔쾌히 감당해야 합니다. 여름처럼 살다 가겠습니다.

호흡으로 다스리는 국선도

몸과 마음 단련

부종 감소와 팔 운동 범위 회복을 위한 병원에서의 재활 치료를 마냥 받을 수 있는 게 아니어서 일 년 치료 후 팔의 움직임이 어느 정도 정상이 되자 병원 치료는 중단하고, 스트레칭을 꾸준히 할 수 있는 운동을 찾았습니다.

수술한 팔에 무리가 가지 않게 요가보다는 가볍게 할 수 있는 전신운동으로 국선도를 선택했습니다. 국선도 나름의 운동정신 같은 게 있겠지만 운동이 급한 저로서는 가벼운 전신 스트레칭으로 여겨집니다. 수술한 쪽의 팔에 무리가 가지 않도록 스스로 운동 강도를 조절하며 할 수 있었습니다.

집 근처 주민센터에서 저렴한 비용으로 주 2회 꾸준히 한 지도 만 2년이 되어 갑니다. 지금은 익숙해져서 운동이 너무 가볍지 않나 싶은 생각도 들지만 처음 시작할 때는 안 쓰던 근육을 총동원하여 쓰는 통에 몸살까지 났습니다.

국선도의 가장 큰 장점은 단전호흡입니다. 숨을 고르고 단전에 기운을 모은 뒤 전신에 다시 순환시키는 게 기본입니다. 호흡을 통해 몸과 마음을 단련하는 것입니다.

국선도 한 시간 수련을 통해 마음을 다스리고 호흡에 집중하면서 스트레스를 풀 수 있습니다. 오랜 세월 동안 단련해 온 고수들은 팔다리 스트레칭도 잘 하고 물구나무 서기를 거뜬히 해내는 등 몸이 가벼워 보이는데 저는 아직까지도 허리조차 제대로 굽혀지지가 않습니다. 물론 이것도 처음보다는 많이 좋아진 거지만, 수술한 부위가 당기고 아파서 엄살을 부리고 살살하는 탓도 있습니다.

건강한 사람들 속에 섞여 같은 동작을 따라하는 것만도 감회가 새롭습니다. 처음보다는 호흡도 많이 길어졌고 규칙적이고 균일하게 긴 호흡도 잘 유지합니다. 호흡에 집중하다 보면 어느 순간에는 내 몸은 사라지고 호흡만 남는 느낌입니다. 이 시간이 제일 좋습니다. 앞으로도 건강을 잘 관리해서 계속 이렇게만 지내면 좋겠습니다.

이렇게 말하면 달인의 경지에 오른 게 아닌가 하지만 대부분 호흡을 너무 편안하게 여기다 잠들기도 합니다. 무엇보다 이 복식호흡은 CT와 MRI 등 잦은 검사로 인한 조영제 부작용을 덜어주는 데 효과가 좋습니다. 조영제를 맞고 검사하는 동안 속이 울렁거릴 때 복식호흡을 계속하며 잘 견뎌낼 수 있었습니다.

옛날에는 시간 대비 효율 등을 따지며 운동을 했는데 이제는 매일 40분 걷기, 국선도로 스트레칭과 근육 단련을 하고, 주말에 가벼운 산행하기를 무엇보다 우선으로 합니다.

내 몸을 다스려서 하루 쓸 체력을 구비해 놔야 하루 계획을 세울 수 있습니다.

환자와 가족, 그 고단한 일상

가족의 돌봄, 사랑, 안쓰러움

명절, 특히 전 국민이 즐기는 설과 추석 연휴는 환자들에겐 그리 반갑지만은 않습니다. 긴 연휴 동안 혹여 통증이나 부작용이 생기면 위급상황이 될 수도 있기 때문입니다.

항암 일정은 명절 휴일이라고 피해 가지 않습니다. 오히려 최대한 규칙적이어야 해서 휴일에 잡힌 일정을 전후 평일에 끼워넣어야 하기 때문에 환자나 의료진이나 모두 고역입니다. 당길 수 있는 일정은 당기고 미룰 수 있는 건 미루지만 혹여 생길 수 있는 돌발상황은 고스란히 응급실행입니다.

이번 표적주사 일정도 연휴 전날로 날짜가 변경되었는데 아니나 다를까 병원은 환자들로 넘쳐났습니다. 가는 곳마다 대기가 길어지고 오후를 넘어서자 의료진들도 지쳐가는지 피곤한 기색이 역력하게 드러납니다. 이해는 하지만 익숙해지지 않습니다. 웃으면서 대하지만 피곤함마저 감출 수는 없는 것. 명절 앞두고 환자를 따라나선 가족들도 같이 지쳐갑니다.

치료할 때 가족의 보살핌은 중요합니다. 고통은 환자 혼자 감내할 수 있지만 치료 과정에서 가까운 가족의 보살핌은 약물치료 못지않게 중요합니다. 아니 더 큰 영향을 줍니다.

몸은 약이 치료하지만 마음은 주위의 배려와 위로로 치료받기 때문입니다. 하물며 암 같은 장기질환은 오죽할까요. 환자 못지않게 보호자들이 얼마나 힘들지.

병원 대기실에서 가끔 보호자들이 나누는 얘길 들을 때가 있습니다. 대부분 긴 병 간호에 지친 이들입니다. 어떤 분은 원무과에서 지갑을 꺼낼 때가 돼서야 겉옷을 뒤집어입고 나온 걸 알아차리고 "집안에 환자가 있으니 정신이 하나도 없네." 하며 황망하게 제대로 고쳐 입습니다.

집안일에 환자 병간호에 돈 걱정에……. 환자 못지않게 보호자들이 얼마나 힘들지 짐작할 수 있습니다. 어떤 분은 대놓고 "못해, 더 이상은 못해."라고 말하지만 그이상 계속 해낼 수밖에 없는 현실에 순응하고, 이제까지처럼 계속 간호할 것도 알 수 있습니다.

하는 행위에 마음을 얹지 않는 것

이렇게 병원은 늘 복잡하고 기다림의 연속입니다. 기다림을 달래고자 열어본 웹툰을 보다 울컥합니다. 이 타이밍에 이런 내용, 절묘한 시간과 공간 타이밍에 훅 들어와서인지 속절없이 눈물 한 방울.

다음 웹툰 〈미생 2〉 79수에 올라온 글입니다.

자리 보전한 가족을 돌봐야 하는
나머지 가족의 지리한 미래가 떠올랐기 때문이다.
도움을 받으면 받는 대로,
도움을 주면 주는 사람 대로
고마워하기도,
보람을 느끼기도 궁색하다.
하는 행위에 마음을 얹지 않는 것,
'무심'한 일상이야말로
그들이 껴안아야 할 삶의 비극이다.

사업을 하던 아버지가 병이 나 입원하고 일을 못하는 처지가 되자 가족들이 나서서 사업을 수습하고 환자를 돌보는 에

피소드입니다.

환자가 사업을 하던 대표인지라 본인의 안위만을 챙기기만도 힘든 상황이지만 벌여놓은 사업에 대한 수습도 미루거나 중단할 수 없어 가족들이 환자를 대신해 애쓰는 이야기입니다.

신앙심은 깊지 않지만 나를 포함한 모든 환우와 그 가족들을 위해 기도합니다. 다음 명절은 환자가 이겨낸 시간만큼 더 건강해져서 그만큼 더 좋아질 거라고.

함께 하자고 말해 주세요

투병중 지인과 가족에게 받은 위로 중 가장 위안이 된 건 "함께 ~합시다"였습니다. 가족들은 집을 나서기 전에 제게 운동 잘하고, 잘 챙겨먹으라고 주문을 하고 나가고, 돌아와서는 했는지 여부를 또 묻습니다.

난 내 멋대로 대답합니다. 잘 했다고 하면 안심하고 잘 안 했다면 걱정스런 표정을 짓습니다. 생존을 위해 혼자서 매일 해야 하는 운동은 외로움이고 고통입니다. 가족들은 제게 운동하고 밥 잘 먹으라고 주문하고 확인하는 것만으로 제 역할을 다한 듯합니다.

저 또한 마찬가지였습니다. 30년 전, 친정엄마가 간경화로 치료중일 때, 세 살배기 첫째와 돌배기 둘째 아이의 육아로 경황이 없었습니다. 제가 하는 거라곤 가끔씩 엄마를 찾아가거나 전화로 뭐 했냐고 물어보는 것뿐이었습니다. 제가 같이 하자거나, 같이 먹자, 같이 가자,라는 말을 제대로 한 적이 없었습니다.

몸에 좋은 거 먹고, 좋은 데 가시라고 말만 했지 나서서 같이 하자고는 못했습니다. 하면 좋은 데 할 수 없었던 당신의 처지에 얼마나 답답했을까요?

30년이 지나 제가 그 처지가 되어보니 그 마음이 헤아려집니다. 가까운 가족이라면 막연히 "~하세요"라기보다는 같이 하자고 손 내밀어 잡아주세요. 환자에게 훨씬 도움이 됩니다.

보호자분들, 힘들더라도 조금만 기다려주세요. 환자들은 더 간절한 마음으로 최선을 다해 일상으로 복귀하려고 노력하고 있습니다. 어느 누가 가족들을 힘들게 하고 가족에게 짐이 되고 싶을까요?

힘들겠지만 "같이 하자"라고 말해주세요. 시간은 어김없이 흐를 것이고, 일상은 다시 돌아와 예전처럼 행복하게 지낼 날이 곧 옵니다.

복숭아,
항암 중 나를 지켜준 신의 과일

생각만 해도 침이 고이는

7월에 들어서면 바야흐로 복숭아의 계절이 시작됩니다. 제 기억 속의 복숭아는 아버지의 과일입니다. 형편은 넉넉지 않은데 아이들은 많아서 엄마는 늘 자식들 배 안 곯게 하려 무척 애쓰셨습니다.

학교 갔다오면 집에는 아무도 없고, 지금처럼 뭐 사먹거나 배달시켜 먹을 수 있는 시절이 아니어서 엄마는 우리집의 유일한 사치품인 냉장고에 늘 먹을 것을 마련해 두셨습니다. 주로 찬밥을 비벼먹을 수 있는 나물 종류들이었습니다.

나이 터울 만큼 하교 시간이 차이가 나므로 형제들은 집에 오는 순서대로 냉장고를 뒤져 나물 넣고 밥 넣어 고추장과 참

기름에 비벼서 각자 배고픔을 해결했습니다.

철철이 제철 과일도 빠지지 않았는데, 대부분 멀쩡한 것보다는 어디 한 귀퉁이가 손상되어서 상품 가치가 다소 떨어진, 그러나 먹는 데는 전혀 지장이 없는 것을 박스째 사다 채워 두셨습니다.

엄마도 시장 한 귀퉁이에서 좌판을 열고 장사를 하시던 터라, 다소 못난이 상품을 헐값에 사오신 듯합니다. 아니면 박스째 사는 것은 엄두도 못 냈을 겁니다. 어쨌거나 한창 먹을 나이인 우리 오남매는 냉장고가 채워지기 무섭게 먹어치웠습니다.

그런데 여름이면 냉장고에 멀쩡한, 그것도 엄청 크고 고급진 과일이 보입니다. 그건 다름 아닌 복숭아입니다. 한 입 베어 물기만 해도 단물이 뚝뚝 떨어질 거 같이 먹음직스런 자태로 말이죠. 값이 만만치 않은 복숭아 한 개가 냉장고에 모셔진 수준으로 있는데, 그건 아버지 몫임을 굳이 일러두지 않아도 우리 형제들은 잘 압니다.

아버지는 벌이가 시원치 않은데도 우리들이 먹는 모양도 값도 헐한 과일은 눈도 주지 않고 꼭 복숭아만 드셨습니다. 그러니 어려운 형편에도 엄마는 가끔 복숭아를 구해다 모셔 놓았습니다.

그런데 아버지의 과일 복숭아를 값 생각도 안하고 내가 원없이 먹은 시절이 있는데 그건 바로 항암, 방사선 치료기간이었습니다.

항암 방사까지 어떤 마음으로 왔는지, 정신이야 있든지 없든지 간에 시간은 무심하고도 고맙게 흘러서 표준치료의 마지막이라 할 수 있는 방사선 치료만 남겨둔 상태였습니다. 아무리 몸을 보한다고 했어도, 이미 항암으로 인해 몸은 피폐해질 대로 피폐해져 있었고 입맛 또한 멀리 달아난 지 오래여서 제대로 된 음식을 넘기기가 힘들었습니다.

한겨울에 시작한 항암을 여섯 차례 한 후, 5월에 수술하고 다시 6주에 걸친 방사선 치료를 하다보니 그간 몸에 쌓인 항암약으로 인해 몸이 많이 고되기도 했을 뿐더러, 입안도 헐어서 제대로 음식을 먹질 못하다보니 몸무게가 10kg이 빠졌습니다.

한여름 더위에는 건강한 사람도 지칠 정도인데, 매일 방사선 치료를 위해 다니느라 지쳐서 병원을 오가는 시간을 제외하고는 꼼짝없이 종일 누워만 있어야 했습니다. 병원에서 처방해주는 대체음식으로 버티는 것도 한계가 있었습니다.

그때 만난 복숭아는 신의 과일이었습니다. 방사선 치료를 위해 한달 반 이상 매일 병원에 드나들던 7,8월은 복숭아가 제철인 시기라 아버지가 드셨던 것만큼 먹음직스러운 복숭아를 매일 먹었습니다. 달디단 맛은 물론이거니와 입에 들어가기만 해도 사르르 녹는 과육의 맛은 황홀 그 자체였습니다. 복숭아가 몸에 좋고 안 좋고를 떠나 입을 통해 몸으로 들어가는데 아무 거리낌 없는 먹거리가 있다는 거에 절하고 싶을 지경이었습니다.

하루 세 끼니를 복숭아로 연명을 하고 여름을 보내니 어느새 표준치료가 다 끝나 있었습니다. 지금도 복숭아를 볼 때마다 그 여름이 생각납니다.

알고 보니 복숭아는 여러 모로 암 치료에 이로운 과일입니다. 각종 항산화 성분이 들어 있어 체내의 유해 활성산소를 제거해 질병 위험을 낮추고 노화를 방지합니다. 또한 항염 및 항암 효과가 있는 페놀 및 각종 카로티노이드 화합물이 들어 있어 유방암 세포 성장을 억제하는 성분이 있다고 합니다.

이제는 매년 여름마다 잘 익은 복숭아를 보면 암 치료를 받던 그해 여름이 생각나겠지요.

브로콜리 너마저……

매일 한두 조각이라도

면역력을 길러주는 식재료의 으뜸은 단연 브로콜리입니다. 사실 진단 전에는 거의 관심 밖이었는데 이 브로콜리는 슈퍼푸드로 신통방통하기 그지없습니다. 별맛이 없는 게 탈이지만.

대표적인 항암식품으로 비타민 C도 많고 저칼로리 저지방 식품으로 다이어트에도 효과적입니다. 보통 살짝 쪄서 샐러드로 먹거나 볶음 요리에 많이 쓰입니다.

좋은 점은 많은데 유난히 제 입에는 안 맞습니다. 억지로 먹어보려 하지만 한번에 많은 양을 먹을 수도 없고 사다놓고 우물쭈물하다보면 금방 상해서 버리기 일쑤입니다. 유기농으로 사려면 가격도 만만치 않은데 매번 장바구니에는 담기지만 식탁에 제대로 오르지는 못해 대략난감입니다.

책도 보고 얻어들은 경험담을 모아 그나마 브로콜리를 먹을 수 있는 저만의 방법을 찾긴 했습니다. 몸에 좋다는데 가능하면 매일 조금씩 꼭 먹도록 해야지요.

일단 송이가 단단하면서 가운데가 불룩하게 솟아 있는 유기농 국내산 브로콜리 한 송이를 사오면 작게 잘라 물에 5분간 담가두어 송이 사이에 붙은 먼지 등을 제거합니다. 다시 깨끗이 씻은 다음 브로콜리를 살짝 쪄냅니다. 물에 삶는 것보다 영양소 파괴가 적다고 합니다. 줄기가 송이 쪽보다 영양분이 많으니 버리지 말고 송이와 함께 먹는 것이 좋습니다.

처음 손질하는 날은 샐러드로 서너 송이 그냥 먹어줍니다. 남은 조각은 오이와 양배추를 같이 잘라넣어 초절임으로 만듭니다. 오이 피클처럼 새콤달콤한 맛으로 먹을 수 있습니다. 또 냉동실에 넣어 두었다가 볶음 요리할 때 같이 넣어 볶음 요리로 먹거나 야채 주스 만들 때 서너 송이 넣어 함께 갈아 넣어 줍니다.

더 좋은 방법이 많겠지만 이렇게라도 해놓으니 버리지 않고 꾸준히 먹을 수 있어 좋습니다.

함께 가야 멀리 갑니다

사람을 고귀하게 만드는 것은

고난이 아니라

다시 일어서는 것입니다

_버나드

세상 모두가 알고 있지만
실천하지 못하는 것

건강한 생활습관

글을 깨우치면서부터 문자는 항상 내 곁에 있었습니다. 초등학교 입학 전 스스로 한글을 깨우친 총기(?)를 자랑하고자 엄마 따라 시장을 오가는 길에서 눈에 들어오는 간판을 줄줄 읊어댔습니다.

잘한다, 하는 엄마의 추임새에 더 신명 나서. 이후 간판, 광고전단 읽기로 시작된 독서력은 지금까지도 끈질기게 이어지고 있습니다. 도대체 어디에 쓰려고 그렇게 읽어제꼈는지.

그런 평생의 이력 같은 독서가 중단된 시절이 있었습니다. 쉰 살을 넘기면서 선고 받은 유방암 치료 기간, 방 한 칸을 가득 채우고 있는 아무짝에도 쓸모없는 책들을 제일 먼저 내다버렸습니다. 절망감에 싸여 종류도 안 가리고 손에 잡히는 대로 책장째 내다버렸습니다.

한 글자도 눈에 들어오지 않았습니다. 시한부를 선고 받았는데 목숨을 부지하는 데 전혀 도움이 안 되는 책 따위가 지식이 무슨 의미가 있겠는가 싶었습니다. 사막으로 가서 아무도 모르게 모래알처럼 흩어져 버리고만 싶었던 시절이었습니다.

어찌어찌 기억조차하기 싫은 1년여의 치료가 끝나자 기적처럼 일상이 돌아왔습니다. 그제야 까만 글자들도 다시 눈에 들어왔습니다.

표적치료 등으로 다시 1년을 보내고, 어렵사리 되찾은 소박한 일상을 오래 유지하고픈 마음에 《원데이 원힐링 다이어리》를 만들었습니다. 유방암 이후의 삶을 잘 관리해 건강하게 지내고자 하는 소망으로 면역력 올리는 규칙적인 건강한 생활습관을 기르는 실천 약속집입니다.

아이러니하게도 이 에세이 같은 다이어리를 만드느라 다시 6개월을 책을 보지 못하는 공백 상태가 됐습니다. 오히려 그동안 읽은 책들이 몸에서 속삭이는 소리를 꺼내 담았습니다.

치료가 끝나도 전이와 재발의 두려움에서 벗어나지 못하는 게 암 치료의 현실입니다. 사실 면역력은 값비싸고 거창한 데 있는 것이 아닙니다. 세상 모두가 알고 있지만 실천하지 못하는 것, 매일의 건강한 생활습관에서 면역력이 나옵니다. 우리가 할 수 있는 가장 기본적이고 손쉬운 일에서부터 시작해야 합니다.

매일매일 신선한 물 2리터 마시기, 30~40분 정도 꾸준히 걷기, 밤 10시부터 잠자리에 들어 숙면하기. 이것만 충실히 지켜도 면역력을 기를 수 있습니다.

내 삶의 무게를 담아

《원데이 원힐링 다이어리》는 저 자신의 건강 체크를 위한 것입니다. 힘든 항암과 치료를 끝내고 무사히 일상으로 돌아오긴 했지만 암이란 것이 재발과 전이로부터 자유롭지 않다보니 불안한 마음은 계속됩니다.

날마다 건강한 습관을 실천했는지 여부를 기록하면 그나마 더 지키기가 쉽지 않겠는가 하는 게 다이어리를 만든 일차적이고도 제일 중요한 목적입니다.

이전에는 매일 지켜야 할 사항을 달력이나 핸드폰에 기록해 왔습니다. 이제 다이어리로 만들어 많은 분들과 공유하고 함께 건강을 지켜나가고 싶었습니다.

두 번째 목표는 어려운 환경에서 투병하는 환우들에게 다이어리 수익금으로 항암가발을 제공하는 것입니다. 유방암 환자가 돼보지 않고서는 그들의 고충을 세세히 알기 어렵습니다.

현재 직접적인 암 치료에는 중증 의료비 지원으로 혜택을 받고 있습니다. 하지만 치료 때문에 일을 하지 못하면서 생기는 수입 결손과 장기간 꾸준히 들어가는 경제적 부담은 적지 않습니다.

항암 치료하는 동안 감당해야 하는 극심한 육체적 고통은 물론이거니와 이에 필수적으로 수반되는 탈모 때문에 심리적 고통은 더 커집니다. 가슴의 상실과 탈모로 인해 그나마 남아있던 자존감은 바닥까지 떨어져 삶의 의지를 많이 잃게 됩니다.

이런 심리적 상실감을 보완시켜 주는 항암가발은 탈모 후 2년간 착용하게 되며 환자티를 내지 않으며 일상생활도 어느 정도 가능하게 합니다.

저소득 유방암 환자들 중에 이 비용을 감당할 경제적 처지가 안 되다보니 민머리로 이겨내고 있는 분들을 몇 분 알게 되었습니다. 가발로도 환자티를 감출 수 없다고 투덜대던 제 자신이 너무나 부끄러웠습니다.

가발쯤이라고 생각할 수도 있겠지만 표준치료 이후 1~2년 간 가발을 착용하게 되면 심리적 위안감도 얻고 자신감을 회복하는 데 적지 않은 힘이 됩니다. 생명치료와 직결되지 않아 어디서도 도움을 받지 못하는 영역입니다. 그래서 작은 일이라도 해서 이 비용을 돕고 싶습니다. 내가 매일 쓰는 다이어리를 통해 누군가의 눈물을 닦아줄 수 있습니다.

다이어리 출간 후 홍보를 위해 가장 힘썼던 부분은 〈다음 스토리 펀딩〉 연재입니다. 다이어리는 대부분 전년 10월부터 서점에서 독자들의 간택을 기다리는데, 《원데이 원힐링 다이어리》는 출발이 늦었습니다. 1월초에, 그것도 2018년도 날짜를 기입하고 제작되어 한두 달 안에 소진하지 않으면 그 귀한 책이 그대로 불쏘시개감이 될 지경이었습니다. 필요한 분들에게 알리기 위해 방법을 찾는 제게 크라운드 펀딩의 일종인 〈스토리 펀딩〉이 눈에 들어왔습니다.

제대로 이야기를 만들고 준비를 해서 펀딩을 시작했습니다. 펀딩 시작 당일부터 폭발적인 응원이 밀려들었습니다. 다이어리 구입뿐만 아니라 위로와 힐링이 가득 담긴 메시지까지. 스토리를 연재하는 내내 저 또한 엄청난 공을 들여 쓰고 또 쓰고 다듬고 또 다듬어서 한분 한분에게 다이어리를 알리고 진심을 전하기 위해서 글을 써서 올렸습니다. 유방암 치료기를 적게 된 시작이기도 합니다. 이 자리를 빌어 다시 감사 인사 드립니다.

더할 수 없이 간절한 마음을 담아 쓴 〈다음 스토리 펀딩〉 연재글을 다듬어서 올립니다.

《원데이 원힐링 다이어리》는 어떤 책인가요

건강하고 아름다운 삶을 꿈꾸며

건강은 건강할 때 지키는 게 좋습니다. 하지만 건강을 잃었다고 해서 좌절해서는 안 됩니다. 암 진단은 한 사람의 인생을 절망의 나락으로 떨어뜨렸지만 절망의 바닥에서 건져올릴 것은 희망밖에 없었습니다. 처음엔 모르고 당했지만, 더 이상 암덩어리가 내 몸에 쳐들어와 마음대로 휘젓고 돌아다니게 해서는 안 됩니다.

암의 위협에도 굴하지 않고 힘든 항암과 수술 방사선 등 표준치료를 마치고 당당하게 일상에 복귀한 많은 환우들. 표준치료를 끝내고 일상에 무사히 복귀하면 병원에서는 정기검진 외에는 더 해주는 것이 없습니다.

면역력을 찾아 인터넷을 뒤지는 손에 이 《원데이 원힐링 다이어리》를 놓아주고 싶습니다. 면역력은 값비싸고 거창한 데 있는 게 아닙니다.

아침에 일어나 한 잔의 물을 마시고, 깨끗하고 신선한 재료로 만든 소박한 밥상을 마주하고, 매일 일정 시간 걷기로 몸과 마음에 고여 있는 기운을 잘 순환시키고, 충분한 수면을 취하는 것만으로도 암이 다시 내 몸에 침범하는 것을 막을 수 있습니다.

이 지극히 단순한 사실, 누구나 알고는 있지만 쉽게 실천하지 못하기 때문에 이 《원데이 원힐링 다이어리》는 필요합니다. 항암치료 후 회복기에 수첩에 적어가며 건강을 지키자는 제 자신과의 약속이, 환우들끼리 나누던 비결 아닌 비결이 다이어리가 되어 세상에 나왔습니다.

투병할 때 받은 많은 위로와 사랑을 이제는 내 몸을 건강하게 잘 유지하는 것으로 갚을 때입니다. 이 다이어리는 내 몸은 내가 지키려고, 스스로 노력하는 환우들을 위해 만들어졌습니다. 또한 이 다이어리는 건강하고 아름다운 삶을 꿈꾸는 일반인에게도 매일의 생활을 체크해 면역력을 키우는 좋은 생활습관을 만들도록 돕습니다.

나눔은 나눔을 낳습니다

이 다이어리는 개인의 힘으로는 엄두도 못낼 일입니다. 다행히 〈삼성카드 열린나눔〉과 〈아이들과미래재단〉의 도움으로 세상에 나왔습니다. 제작비를 지원받은 덕에 가격도 저렴하게 잡을 수 있었고, 판매 수익금으로 저소득층 환우에게 항암가발을 증정하고, 암을 이겨내고 있는 환우들 건강관리용 다이어리로 쓰입니다.

열린나눔 지원으로 시작된 이 사업은 일회성 나눔으로 끝나지 않고 매년 《원데이 원힐링 다이어리》의 보급과 저소득 환우의 항암가발을 지원합니다. 올해의 다이어리는 그 마중물 역할을 할 것입니다.

우리가 매일 다이어리를 쓰는 것만으로도 건강을 유지시킬 수 있고 더 어려운 이의 투병에 자그마한 도움이 될 수 있습니다.

"'암' 이후 좀더 즐겁게, '우리'의 건강을 다지고 나누자는 작은 소망으로 태어난 다이어리 프로젝트.

반짝이는 아이디어로 암 선후배들을 격려하고자 한 이 특별한 다이어리는 새로운 시간을 꿈꾸고 틈틈이 운동을 챙기면서 피로를 털어내는 벗, 즐거운 길라잡이가 될 것으로 확신합니다."
_연세대학교 간호학과 김 수 교수

아줌마, 어떻게 암이 나았어요?

유방암 4기입니다

어느날 갑자기, 저는 암환자가 되었습니다. 내게 닥칠 수도 있는 미래라고는 한번도 생각해 보지 않았습니다. 주홍글씨 같은 민머리로 1년여의 표준치료를 마치자 머리카락은 삐죽삐죽 자라났고, 기적처럼 일상이 돌아왔습니다.

암 진단을 받기 전까지는 누구보다 건강을 자신했습니다. 이 다이어리는 암 진단을 받고 나서 욕심껏 달려오던 일상에서 강제로 하차당하고 오로지 생존만을 위해 살아야 했던 저의 투병 체험으로 만들었습니다.

암 진단의 절망감은 죽음에의 공포와 같은 무게로 다가왔습니다. 그것도 완치를 확신할 수 없는 유방암 간전이 4기. 하지만 절망의 나락을 마냥 헤매고 있을 수만은 없었습니다. 건강할 때는 따분하기 그지없다고 여겼던 평범한 일상으로 어떻게 해서든지 돌아가 사랑하는 가족과 함께 하고 싶었습니다.

"나는 완치될 수 있다.
치료 받는 동안 혁신적인 항암 신약이 나와,
나는 암에서 완치될 것이다.
나는 그때까지 잘 버틸 것이다."

암 치료를 시작하면서 매일매일 이런 주문을 외웠습니다. 체력이 받쳐줘야 항암발도 잘 들을 것이라는 생각에, 비가 오나 눈이 오나 매일 아침마다 종교의식처럼 걷기를 멈추지 않았습니다. 저에게 걷기는 생존이었습니다. 면역력은 값비싸고 거창한 데 있는 게 아닙니다.

또 주문을 외워봅니다.

"걸을 힘이 남아 있는 한 나는 걷기를 멈추지 않을 것이고
암에서 놓여날 것이다."

이제는 모든 수치가 정상입니다

6개월여의 선항암 치료를 하고, 수술. 이어서 두 달에 걸친 방사선 치료를 마치고 모든 검사에서 정상수치가 돌아왔습니다. 그렇게 기적처럼 일상에 복귀했습니다. 그래도 걷기는 계속 됩니다. 소중한 삶을 가족들과 함께하려면 전보다 더 열심히 내 몸을 관리해야 하기 때문입니다.

걷기는 면역력을 증진하는 좋은 방법입니다. 가능하면 정해진 시간에 규칙적으로 여러 코스를 만들어 지루하지 않게 도는 것이 좋습니다.

걷다 보면 머리끝에서 발가락끝까지 피돌기가 일어나 몸의 기운이 순환됩니다. 자연히 몸도 마음도 가뿐해집니다. 걷는 운동이 저에게는 선택이 아니라 생존입니다.

음식물 섭취, 어렵습니다. 누군가 해주길 바라지 말고 거친 음식이라도 손수 해먹기를 권합니다. 내 입에 들어갈 음식을 내가 요리하는 것은 너무나 당연합니다. 준비하는 자체가 운동이 되기도 합니다. 야채를 깨끗이 씻어 먹기만 해도 좋은 영양 섭취가 됩니다.

저녁 시간에 TV를 보지 않고 침실에 들어가 책을 보다보면

10시를 못 넘겨 잠에 빠지기 일쑤입니다. 자신만의 잠자는 법을 개발하는 것도 필요합니다.

10시 전에 잘 준비를 해야 11시에 무사히 꿈나라로 갈 수 있습니다. 10시에 하는 드라마 보신다구요? 암 진단 받은 내 인생보다 더 드라마틱한 삶이 있을라구요.

떨치기 어려운 유혹 중 하나가 핸드폰입니다. 저녁 10시가 되면 핸드폰을 비행모드로 바꿉니다. 카톡 등 메신저로 오는 소식도 그렇고 실시간으로 올라오는 뉴스도 많이 궁금해서 핸드폰을 외면하기가 어렵습니다. 하지만 면역력을 위해 과감하게 비행모드로 바꾸고, 오늘 하루 나를 위해 고생해준 육신을 돌아보며 다이어리에 생활습관 실천 여부를 체크합니다.

매일매일이 면역력을 쌓는 시간

제가 4년간 꾸준히 해온 일들입니다. 다행히 은퇴 시기의 나이가 되어 밥벌이의 괴로움에서 비껴있기에 제 몸만 돌보면 되는 것도 완치의 좋은 조건이 되었습니다. 이렇게 스스로의 생활습관으로 몸을 지켜내는 게 자연치유 아닐까요? 가만히 있는데 저절로 나아지지는 않을 테니까요.

4개의 건강 아이콘으로 생활습관을 체크하고, 색칠하기와 좋은 글 낭송하고 써보기에서 마음을 다스립니다. 하루를 돌아보면서 건강상태도 점검하세요. 마음 다스리는 긍정의 심리 테라피, 긍정적인 사고는 제2의 면역력입니다. 매일 한 줄 감사의 메모로 긍정력을 쌓아갑니다.

아름답고 건강한 삶, 건강은 건강할 때 지키는 게 가장 좋습니다. (2018. 2)

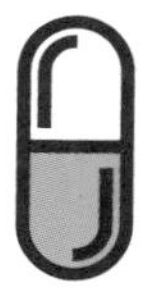

나는 왜 암에 걸렸을까요?

하필이면, 왜 나일까요?

딱히 어디에라고 할것없이, 누구에게랄 것도 없이 불쑥불쑥 떠오릅니다. 진한 억울함을 품은 채 말입니다. 의학적인 답을 듣고 싶은 것도 아니고 위로를 구하자는 것도 아닙니다. 진단 후 1년간은 늘 이런 질문에 시달렸습니다.

내 몸에 생긴 일은 내가 감당해야 한다고 자각하기까지는 1년여가 걸렸습니다. 그때부터는 현실을 받아들이고 어떻게 헤쳐나가야 할까, 하는 고민을 시작했습니다.

유방암 발병 원인은 서구화된 식생활, 잘못된 생활습관, 스트레스 등등 여러 가지라고 합니다. 하지만 생활과 먹을거리 패턴이 같은 가족들 모두에게 발병하는 게 아니라서 원인을 딱히 뭐라 단정지을 수 없습니다. 2년 주기의 정기검진을 거르지 않고 꾸준히 받아왔는데도 그 틈새를 비집고 쳐들어오는 것을 봐도 암이란 것은 복불복, 어쩔 수 없이 당할 수밖에 없는 거라는 생각도 듭니다.

독한 항암으로 피폐해진 몸은 농약을 뿌린 땅 같아요

병원에서의 항암치료와 수술 등으로 급한 불은 껐지만 몸은 독한 항암약으로 인해 황폐해질 대로 황폐해져 마치 농약을 뿌린 땅과 같습니다. 먼저 내 몸을 암 진단 전, 건강했던 원래 상태로 돌려야 합니다.

표준치료를 마친 뒤 제가 할 수 있는 건 생활 습관, 식습관 바꾸기 스트레스 줄이기 등입니다. 항암약을 사용하는 동안 몸에 축적된 나쁜 약을 몸 밖으로 빼내고, 유기농 무농약으로 재배한 좋은 식재료로 만든 음식으로 회복해야겠다고 생각했습니다. 가능하면 제철 먹거리 음식을 직접 조리해서 먹고, 같은 양을 먹더라도 영양을 늘릴 수 있는 방법을 찾으려 했습니다. 몸을 예전처럼 다시 살려야지요.

살고자 하는 의지를 담아

이렇게 몸이 살아나면 다시 예전처럼 건강한 상태가 됩니다. 하지만 이미 경험했듯이 내 몸은 암에 약간 취약할지도 모르기 때문에 더 관리가 필요하겠지요. 한번은 얼떨결에 당했지만 두 번 다시 암 따위가 내 몸을 휘젓고 돌아다니게 해서는 안 됩니다.

제 다이어리에 공감해 구입하면서 남겨주신 보석 같은 말씀 하나하나가 저에게는 큰 위안과 힐링이 되었습니다.

> "한 장 한 장을 삶의 무게로 채우셨을 시간을 생각하니
> 돈의 가치가 한없이 가볍게 느껴지네요.
> 지금 저에게도 너무 필요한 다이어리예요" _책구루님

다이어리에서 제 삶의 무게가 느껴진다는 말씀에 울컥하고 눈물이 차올랐습니다. 그 동안의 고생과 서러움이 다 사라졌습니다. 이 다이어리는 살고자 하는 제 의지가 고스란히 담긴 책입니다.

다이어리를 꾸준히 쓰는 게 쉽지 않습니다. 다이어리는 건강

하게 오래도록 잘 지내고자 하는 나 자신과의 약속입니다. 처음엔 서툴지만 쓰다보면 좋아지겠지요.

뭔가를 매일 기록하는 일은 어렵습니다. 처음에는 겨우 잠자는 시간만 기록하는 것으로 시작했는데 이제는 하루중 중요한 일과가 되었습니다. 이렇게 기록해 놓으니 학교 다닐 때 쓰던 건강기록부 같습니다.

누구나 아플 수 있습니다. 암, 걸릴 수도 있지요. 하지만 절망과 좌절은 절대 안 됩니다. 쓰러질 수 있지만 다시 일어나면 됩니다.

아가들이 걸음마를 뗄 때 넘어지는 것을 무서워하지 않습니다. 넘어졌다 일어서기를 반복하고, 넘어지기를 두려워하지 않고 계속 발짝을 내딛다가 어느샌가부터는 잘 걸어다니게 됩니다.

한 번 넘어질 수 있습니다. 두 번, 세 번 넘어져도 계속 일어날 겁니다. 일어나서 끝까지 계속 갈 겁니다. 건강하게 계속 우리의 삶을 살아가야지요. 제 발병으로 맘고생했을 사랑하는 가족들과 행복하게 살아가야지요. (2018. 3)

재발과 전이가 두려워요

일상생활하면서 아무 통증도 느끼지 못하고 잘 지내고 있다가 우연히 가슴에 멍울이 만져져서 바로 병원에 갔는데 벌써 유방암 간전이 4기라고 합니다.

의사는 덤덤했고, 저는 억울했습니다. 〈사람 아무개〉에서 〈환자 1〉로 신분이 바뀌었습니다. 2년 주기로 건강검진도 잘 받아왔고, 통증이나 전조증상도 하나 없었는데 간전이 4기라니요.

이렇게 암은, 어느 날 갑자기 느닷없이 불현듯, 제게 나타났고 저는 순식간에 암환자가 되었습니다. 암치료는 완치라는 표현보다는 5년 생존율을 따집니다. 일반적인 유방암 5년 생존율은 보통 91.2%, 조기 발견일 경우 95.6%, 4기일 경우는 35%로 알려져 있습니다.(한국유방암학회 자료)

풀어 말하면 제 남은 수명이 5년일 확률이 최대 35%라는 겁니다. 인생이 유한함은 알고 있었지만 딱 잘라 너의 잔여수명은 얼마다,라고 일러주니 소름이 끼칩니다.

내게 일어나지 않은 일이면 0%입니다

이런 이유로 표준치료를 잘 마치고 매번 정기검사에서 암수치가 정상으로 나타나도 불안감은 사라지지 않습니다. 조금만 아파도 온통 걱정에 사로잡힙니다. 머리가 아프면 뇌전이가 아닐까, 옆구리가 결리면 뼈전이가 아닐까, 건강한 사람이라면 신경쓰지 않을 작은 통증에도 온통 걱정이 되어 야단스러울 정도로 검사를 해댑니다.

그럼 5년 완치기간이 지나면 안심이 될까요? 5년 이상 10년이 지난 뒤에도 재발하는 사례가 이따금 나오기 때문에 마냥 안심할 수도 없습니다.

저는 수치나 전문적인 의학 용어에 약합니다. 아무리 들어도 이해가 잘 안 됩니다. 겨우 제가 이해할 수 있는 정도로 바꾸어 머리에 저장하고 나중에 이해합니다.

수치는 수치에 불과합니다. 달리 해석하면 평균수치에 관계없이, 내게 일어나는 일이면 100%이고, 내게 일어나지 않는 일이면 0%입니다.

유방암 4기의 생존율은 전체적으로 봐서 30% 내외지만 사람에 따라서 차이가 큽니다. 절대로 0%가 아닙니다. 4기 완치율은 절대 불가능한 일이 아닙니다. 35%나 되는 사람들이 완치의 길로 들어섰다고 통계가 말하고 있습니다. 1%의 가능성만 있어도 도전할 텐데 35%라면 적지 않은 수치입니다. 절대 절망하지 않았습니다.

비록 첫 진단을 4기로 받았지만 저는 잘 이겨낼 거라는 희망을 가졌습니다. 치료 받는 동안 미러클한 신약 항암제가 나올 것이고, 내 몸에 잘 맞아 몸에 표지처럼 박혀 있는 검은 점덩어리가 다 사라질 거라고 믿었습니다. 믿음대로 항암이 거듭될수록 점덩어리는 희미해져 갔고 마침내는 사라져 버렸습니다.

저도 암 진단 전에는 건강했습니다

그렇게 힘든 치료과정을 이겨내고 정상수치를 회복하고 일상으로 복귀했는데도 불안감은 사라지지 않습니다. 그런데 사실은 저도 암 진단을 받기 전에는 누구 못지않게 건강했다는 사실을 잠시 잊고 있었습니다.

건강한 상태에서도 암인자는 존재한다고 합니다. 하지만 건강할 때는 강한 면역력으로 이겨내서 암 발생인자를 몰아내 암에 걸리지 않는 것이고, 건강하지 않을 때, 면역력이 약할 때 그 틈을 비집고 암이 자리잡아 암 진단에까지 이른다는 것입니다.

한번 앓고 나면 면역력이 생기는 병과는 달리, 암 경험은 내 몸이 암에 취약한 구조니 남들보다 더 조심해야 한다고 말합니다. 그렇다고 해서 항상, 날마다 재발과 전이를 두려워해야 할까요?

주의는 기울이되 걱정은 말자

표준치료를 잘 마치고 모든 수치가 정상으로 되었는데도 재발과 전이를 걱정하는 것은 건강한 사람이 암에 걸리지나 않을까 하고 걱정하는 것과 같습니다. 건강할 때 걱정이 되면 어떻게 했나요? 아마 운동이나 식습관 등을 점검하고 관리할 겁니다. 마찬가지입니다. 치료 후 재발과 전이가 걱정된다면 똑같이 생활습관을 관리하면 됩니다.

암 진단 전에는 한번이라도 혹시 내가 암에 걸리지나 않을까

하는 걱정을 하지 않았습니다. 이것은 마치 땅이 꺼질까봐 걸어다니기를 두려워하는 것과 같이 절대 제게는 일어날 수 없는 일이라고 생각했습니다.

> "재발을 막을 수 있는 제일 좋은 방법은 '혹시 재발하지 않을까' 하는 생각을 안 하고 사는 것입니다. 재발할까 고민하고 걱정을 많이 할수록 재발할 가능성은 높아집니다. '내 몸의 암세포는 이제 완전히 없어졌으니까 나는 더 이상 암환자가 아니다'라고 생각하는 것이 중요합니다. 더 좋은 것은 암환자였다는 사실도 완전히 잊고 지내는 겁니다."
> _동남권 원자력의학원 암센터 김민석 의학박사

재발과 전이를 걱정하는 암 경험자들에게 김민석 의학박사는 이렇게 조언합니다.

혹여 불행한 일이 일어나면 그에 맞춰 치료를 하면 됩니다. 일어나지 않은 일을 걱정하는 것만큼 어리석은 것은 없습니다. 그것보다는 암이 다시 찾아오지 못하도록 좋은 컨디션으로 유지하는 데 신경 쓰는 게 더 좋지 않을까요?

재발 전이가 안 되기 위해선 잠은 하루 8시간 이상 잔다, 몸이 피곤하기 전에 무리하지 않고 푹 쉰다, 스트레스를 바로바로 풀 수 있도록 취미를 갖는다, 음식은 골고루 섭취하되 섬유질이 풍부한 과일 야채 나물 잡곡 등을 꾸준히 먹는다, 운동은 하루도 빠지지 않고 매일 30분간 한다 등이 많은 의료진들이 권하는 방법입니다.

하루하루를 행복하게 사는 것, 그래서 하루만큼만 매일 좋아지면 오랫동안 건강하고 행복한 삶을 유지할 수 있습니다.

(2018. 3)

WEEKLY PLAN

MON	Thanks for	Color Foods
TUE	Thanks for	Color Foods
WED	Thanks for	Color Foods
THU	Thanks for	Color Foods
FRI	Thanks for	Color Foods
SAT	Thanks for	Color Foods
SUN	Thanks for	Color Foods

Weekly Check

체중

운동량

월 화 수 목 금

장순환

월 화 수 목 금

만족감 ♡♡♡♡♡

소설가 공지영과 시인 권대웅 그리고 나

공지영 작가와 권대웅 시인의 공통점은 두 분 다 지금 시대를 대표하는 작가라는 점입니다. 공지영 작가는 알다시피 이 시대 대표 소설가고, 권대웅 시인은 시를 좋아하지 않는다면 좀 낯설 수 있습니다. 두 분 다 서울 태생이고 62년생입니다. 공 작가님은 빠른 63년생이라 62년생인 저와 같이 학교를 다녔습니다. 두 분의 공통점은 그렇고, 저와 이 두 분과는 어떤 교집합이 있을까요.

이 시점에서 사실은 이 글이 낚싯감임을 살짝 고백합니다. 유명인이나 사건을 게시글에 태그하면 조회수가 엄청 는다는 얘기를 듣고, 궁하면 통한다고, 아니 진심은 통할 거라는 진리를 위로 삼아 씁니다.

《원데이 원힐링 다이어리》를 열심히 만들었고 〈유방암 이야기〉 카페 회원들이 받아보고 잘 만들었고 필요한 책이었노라고 힘껏 사주며 응원을 보내는데도 시즌성 도서라 1월이 지나면 판매가 절벽이고 서점에서도 빼라고 눈치 주는 실정이라 급한 맘에 무리수를 둡니다.

두 분의 명성을 태그 달아 다이어리 홍보하는 것을 너그러이 용서하시길. 이 글 읽는 독자들도 에이, 하고 내치지 말고 더 읽어 주시길.

두 분과 저와의 교집합은 제가 그분들을 안다는 것입니다. 사적인 인연으로. 젊고 발랄했던 시절의 한때, 같은 공간을 함께 나누며 호흡했다는 것. 두 분 다 글 실력이 대단하지만, 한 가지 더하여 기억력도 엄청 좋습니다.

공지영 작가와는 중학교 시절에 같은 교실에서 책상을 앞뒤로 앉았습니다. 사춘기 시절을 같이 보내고 고등학교는 갈려서 갔지만 대입 체력검사장에서 만나 인사하고, 대학도 갈려 갔지만 연세대 학생회관에서 만나 커피 한잔 나누고.

그 사이에도 공 작가와 제 지인들과의 공통분모가 있어 소식은 계속 전해들었습니다. 이미 공 작가는 대작가로 자리매김했구요.

2014년 《높고 푸른 사다리》 북토크에서 40년의 시간을 뛰어넘어 만났는데도 단박에 나를 알아보는 영민함. 참가자들과 일일이 악수하며 인사 나누는데 갑자기 공 작가가 나를 알은 체하며 "너, 혹시 내 친구 아니니?" 했을 때의 짜릿함은 지금도 생생합니다. 내 인생 명장면 중 하나입니다.

그래도 혹시 공 작가에게 누가 될까봐 나를 알아봤다거나 나와 동창이라고 말하고 다니지는 않았습니다. 단순히 동창이라고 뭉뚱그리기에는 사회적 입지가 너무 차이가 나서지요.

사실 공 작가 같은 분이 저를 알아봐주니 출세한 기분이 들었습니다. 권대웅 시인과는 1980년대 마포 출판사 편집부 시절에 인연이 있습니다. 권 시인은 당시에 조선일보 신춘문예에서 시인으로 등단해, 작은 출판사에서 편집일을 하고 있었습니다.

당시 출판사들 근무환경은 열악해서 아침마다 권 시인은 사무실 연탄난로가 꺼졌다며 궁시렁댔던 듯합니다. 업무의 고단함을 퇴근 후 술자리에서 함께 풀기도 하며 청춘의 어느 한때를 보냈습니다.

지금은 〈마음의숲〉 대표로 좋은 책 많이 내고 있습니다. 2015년 직접 그리고 쓴 달꽃 시화전을 연다는 소식을 접하고 반가운 마음에 한걸음에 갔습니다. 아무도 초대하지 않았지만 일반인 독자로 삘쭘하게.

"맞지? 정말 오랜만이네. 하나도 안 변했네."

전시장에서 그림을 사고 작가분께 인사라도 하고 가려는데, 이런, 눈이 마주치기가 무섭게, 아는 얼굴이라며 30년을 넘어온 나를 알아봐주었습니다. 감동 감동입니다.

최근 2018년 서울 국제 도서전에서 권대웅 대표를 딱 마주쳤습니다. 도서전 구경을 하면서 조금이나마 친근감 있는 출판사 부스를 눈여겨보는 건 당연지사, 〈마음의숲〉 부스를 구경하고 있는데 마침 권 대표가 나타났습니다. 기다리기라도 한 것처럼 "대표님 안녕하세요?" 인사를 하니, 또 4년 여의 시간을 건너와 반겨줍니다.

이렇게 그 두 분과 한때 막역한 사이였음을 막 과시하면서 다이어리를 한 번 더 언급해봅니다. 여러 의미를 담고 시작한 다이어리가 잘 알려져 소기의 뜻을 이루려면 어느 정도 판매가 이루어져야 합니다.

두 분 오늘 출연 감사합니다. 기회가 된다면 따로이 인사드리겠습니다.

사족 : 진심으로 나의 속마음을 살짝 들춰보인다면, 아프고 나서 옛 지인들을 만나면 제 자신이 더 서글퍼집니다. 다들 무사히 별탈없이 잘 살고 있는데 나만 왜 아프고 병들었을까, 하는 생각이 듭니다. 아프고 병든 게 내 잘못이 아닌데도 마음이 그렇습니다.

마음이 아름다운 사람들

아름다운 당신에게

또다른 다이어리 홍보 채널로 찾은 곳은 방송입니다. 제가 아침 운동할 때마다 매일 듣는 방송, CBS 라디오, 음악 FM 〈강석우의 아름다운 당신에게〉입니다. 아프기 전부터 이 프로의 감미로운 음악이 하루를 시작하는 분위기에 잘 맞아 즐겨 듣고 있었습니다. 잔잔한 분위기의 음악이 많이 선곡되어 그런지 병환중에 있는 분들의 쾌유를 비는 사연이 많았습니다. 저 또한 그중의 한 사람으로서 제게 건네는 사연이 아님에도 그 말들에 위로를 받고 힘을 얻었습니다.

신생 출판사의 첫 책인데도 열악한 출판사의 처지를 헤아려서인지 일주일간 방송에서 책 소개를 하고 신청을 받아 원하는 청취자들에게 《원데이 원힐링 다이어리》를 증정하는 것으로 협찬이 됐습니다. 귀한 시간에 소개가 되니 기쁨도 감동도 배가됩니다. 새해 건강을 관리할 수 있는 좋은 다이어리라며 강석우님의 감미롭고 편안한 음성으로 소개글이 방송을 탔습니다.

〈선물 받은 하루〉라는 멘트로 시작되는 방송이, 참 좋습니다. 당연히 여기고 산 새로운 하루, 오늘이 얼마나 소중한 것인지를 온몸으로 겪었기 때문입니다.

아침 해가 떠오르고 하루가 시작되는 이 시간이 저는 참 좋습니다. 운동하러 나가 숲속에서 갓 씻고 나온 신선한 햇살을 받으며 걷는 것도 좋고, 조용히 책상에 앉아 글을 쓰기도 좋은 시간입니다. 협찬이 결정되고는 한동안 설레는 마음으로 지냈습니다. 무사히 방송이 나오자 다시 안도와 환희, 힐링.

제가 방송을 통해 받은 위로를 다이어리로 청취자분들께 돌려 드릴 수 있어서 정말 다행스러웠습니다.

표준치료 동안에는 외부와 격리되어 아무런 기대도 없이 무기력하게 지냈습니다. 아프기 전 일할 때는 아침 출근 시간에 가벼운 옷차림으로 산행에 나서는 사람들이 그렇게 부러울 수가 없었습니다.

주치의는 항암중 하루 한 시간의 산책은 약물치료보다 좋다고 했습니다. 항암주사를 맞고 온 날은 더 기를 쓰고 산에 올랐습니다. 추위 따위는 전혀 문제라고 생각되지 않았습니다. 세상에서 제일 무서운 암을 가슴에 품고 있는데 추위쯤이야.

사실은 죽을 수가 없어서, 힘들지만 죽고 싶은 마음이 들지 않아서, 시간은 보내야 하고, 시간이 흘러야 표준치료가 끝나므로 어찌 되었든 아무것도 하지 않으면서 하루 낮을 보내야 하는 게 더 힘들어서, 더 이상 할 일이 없어서 산에 갔습니다. 나갔다 오면 어찌 됐든 한두 시간은 흐르니까요.

이런 나를 가족들은 잘했다며 격려했지만, 내 입에서는 "산행은 내게 생존이야, 칭찬 받고 말고 할 게 아니야."라는 말이 나왔고, 가족들에게 냉소로 반응했습니다.

생존이라지만 매일 홀로 걷는 산행은 지루하고 서러웠습니다. 백 마디 위로의 말이 소용없는 상황에서 음악은 유일한 위로였습니다. 아침에 식구들이 각자의 생활터로 나가면 나는 산을 올랐습니다. 나의 삶의 터, 생활터는 거기니까요.

아무런 시간 제약 없이 걷는 산행길은 늘 눈물바람이었습니다. 그나마 위로가 됐던 건 라디오에서 들려오는 사연과 음악이었습니다. 혼자 걷고 있지만 혼자가 아님을 느끼게 해주었습니다.

산에 들어서면 막 비춰오는 햇살과 아침 나절의 조용하고 잔잔한 음악들……. 사연 간간이 서로 나누는 환우들을 위한 위로와 격려의 말들. 나에게로 향하는 것도 아닌데 그 멘트들이 저는 좋았습니다.

시간이 흘러 감사하게도 저는 완치, 완전관해라는 진단을 받았습니다. 나를 치유한 건 8할이 산행과 음악입니다. 지금도 그 산행 시간을 가장 큰 기쁨으로 삼고 있습니다.

다행히 청취자분들이 많이 좋아해 주어서 무난하게 진행되었습니다. 인기 방송 프로그램이라 협찬하길 원하는 곳도 많았을 것이고 여러 업체를 상대해야 하는 수고로움이 있었을 터인데도, 관계자들은 존중과 배려로 대해줬습니다. 말 한마디도 허술히 흘리지 않았습니다.

"아, 좋은 방송을 만드는 사람들은 뭐가 다르구나.
이래서 방송이 듣기 편했구나."

보이지 않는, 듣는 사람들을 배려한 방송, 만드는 사람의 인품이 느껴졌습니다. 나에게 생명 같은 하루를 열어준 지난 4년간의 인사를 뒤늦게나마 해봅니다.

이 방송이 있어 외롭지 않았습니다. 방송을 통해 같이 사연을 나누고 음악을 듣던 분들, 손 내밀면 잡아줄 것 같은 포근함이 있어 좋았습니다.

강석우 진행자님, 피디님, 작가님, 감사합니다. 당신들이 만든 방송은 사랑이고 위로고 힐링입니다.

다이어리 한 권 전했을 뿐인데

다이어리로 나누는 인연

제가 받은 것은 위로와 격려, 힐링입니다. 그저 감사할 뿐입니다. 다이어리로 이어지는 응원과 격려.

《원데이 원힐링 다이어리》를 출간하고 항암 치료 동안 많은 위로와 정보를 받았던 〈유방암 이야기〉 카페에 부끄러움을 무릅쓰고 출간 소식을 전하고 나눔 이벤트를 진행했습니다.

몇 분께 보내드렸는데 모두 잘 받았다며 고맙다는 인사를 전해 왔습니다. 다이어리 사진을 올리며 포스팅으로 격려해 주었고, 적절하고 유용한 다이어리라고 칭찬도 아끼지 않았습니다. 부끄럽지만 제대로 해냈다는 안도감이 왔습니다.

꼭 필요한 분들에게 다이어리의 진가를 인정받았다는 자부심이 새싹처럼 움트기 시작했습니다. 이런 귀한 격려글만으로도 충분한데 멀리 부산 사시는 분이 커피 쿠폰을 보내 왔습니다. 이 좋은 걸 그냥 받을 수 없다면서 가까이 있었으면 차 한 잔 했을 거라며. 또 한 분은 다이어리 판매대금이 저소득층 환우 항암가발 증정에 쓰인다니 적으나마 보태고 싶다고 알려왔습니다. 현재는 판매대금 외에 후원금을 받을 수 있는 채널이 없어 마음만 받겠다고 했지만 정말 감동이었습니다. 저의 생각에 공감하고 함께하겠다는 배려가 돈으로 매겨지는 가치보다 훨씬 더 큰 의미로 다가옵니다.

산책길에 안부를 전하며 함께 걷고 있노라고 알려오는 분도 있습니다. 그러면 나도 그분과 같이 걷고 있는 느낌이 듭니다. 단지 다이어리 한 권 건넸을 뿐인데 제가 받은 건 위로와 사랑과 힐링이었습니다. 돈 주고는 절대 살 수 없는…….

과분한 칭찬과 격려를 받으니 몸 둘 바를 모르겠습니다. 여기 보답하는 일은 오늘만큼 매일 좋아지는 것. 함께 격려하는 분들과 야단스럽지 않게 묵묵히 갈 뿐입니다.

암에서 놓여난 후에는 무조건 가늘고 길게 오래 살자, 아무것도 하지 말고, 스트레스 받지 말고, 숨만 쉬면서 길게 사는 게 목표이기도 했습니다. 하지만 인간은 오묘 미묘 복잡한 존재라 그런지 한 고비 넘기고 나니 다른 욕심이 슬며시 고개를 들더군요.

스트레스 안 받는 일을 하면 되면 않을까? 더 나아가 행복한 스트레스 운운 하며. 그렇게 나온 책이《원데이 원힐링 다이어리》입니다. 행복한 스트레스로 만들어진. 다이어리 제작과 판매는 앞으로도 계속 이어질 것입니다.

다이어리 5형제

건강 지킴이

유방암을 겪고 나서 건강의 소중함을 깨닫고, 다시 재발 전이로 인해 발목이 잡히지 않아야겠다는 생각으로 《원데이 원 힐링 다이어리》를 기획 출간한 뒤 본격적으로 출판 편집자로의 일을 시작하였습니다.

오래된 편집자, 대학 졸업 후 사회생활의 첫 시작이 출판사였고, 인생의 가장 좋은 시절을 편집일로 잔뼈가 굵었습니다. 잠시 공백기는 있었지만 꾸준히 책과 관련된 일을 해온 터라 정확하게 읽고 쓰기는 제가 잘하는 분야입니다.

제가 경험한 유방암은 이제 저와는 떼려야 뗄 수 없게 되었습니다. 유방암 진단 받은 분들이 우왕좌왕하지 않고 침착하게 자신의 진단을 받아들이고 잘 치료 받을 수 있는 안내서를 계속 기획 출간하고 있습니다.

《원데이 원힐링 다이어리》에 깊은 공감을 하는 사람들은 유방암과 직간접적으로 연관된 사람들이 대부분입니다. 암 진단을 받으면 관련 책들을 많이 사서 보게 됩니다. 갑자기 들이닥친 침입자에 대해 좀더 알아서 잘 대처하고 확실하게 몰아내려는 간절함 때문입니다. 저 또한 그랬습니다.

책을 통해서 전해오는 인연들의 소식은, 반갑기보다는 누군가가 힘든 길로 들어섰다는 것 같아 마음이 아픕니다.

어떤 환우는 유방암 진단을 알리자 형제들이 너도나도 다이어리를 사와서 3권이나 됐다고 합니다.

제가 책을 통해 전할 수 있는 위로도 다른 이들과 크게 다르지 않습니다. 거기에 더해 직접 겪은 사람이 할 수 있는 것은 "다 지나갑니다. 조금만 견뎌주세요." 하는 것입니다.

제가 전생에 나라를 구해서 특별히 완치되고 그런 게 아닙니다. 항암치료 과정이 힘든 건 사실이지만 치료법도 좋아지고 좋은 신약도 많이 나와 거의 다 완치되는 추세입니다.

제가 일일이 다 찾아가 위로를 전할 수 없어서 책을 냈다고 하면 과장이겠지요. 마음은 모든 분들 손을 다 잡아주고 안아드리고 싶습니다.

"기운 내세요. 다 지나갑니다."

다이어리와 함께하는 치료

유방암 진단을 받고 다이어리를 사서, 꼭 낫겠다는 의지로 하루하루 건강 관리를 위해 식단을 기록하고 운동량을 기록한 한 환우분은 일 년 빼곡히 채워 쓴 다이어리 사진과 완치된 소식을 전해 왔습니다. 작은 책자지만 누군가에게 힘이 됐다는 소식에 감사를 넘어 숙연해지기까지 합니다.

《원데이 원힐링 다이어리》는 완치를 의미하는 5년차까지 계속 쓰도록 5가지 버전으로 완성할 예정입이다. 현재는 운동으로 관리하자는 길 버전과 음식으로 치유를 돕는 슈퍼푸드 버전이 나와 있습니다. 다음은 꽃길 버전입니다. 환우들의 의견을 적극 반영하여 4,5년차까지 계속 예정되어 있습니다.

다이어리 외에 유방암 진단 받은 이들을 위한 책에서부터 완치 후 사회에 복귀해 건강한 일상을 사는 이야기도 계속 펴내려 합니다.

제 자신도 글을 쓰면서 스스로 많이 치유가 되었습니다. 서로 격려하며 치유기를 공유하고, 스스로를 치유해 나가는 건강한 글들을 많이 선보이려 합니다.

유방암 진단은 힘든 일이었지만 그 이후 좀더 값진 인생을 살아가도록 서로 격려하는 것입니다.

세상으로 다시 내민 손

할 수 있다고 생각하든
할 수 없다고 생각하든
언제나 당신이 옳습니다
_앤서니 로빈스

유방암이 내 삶을 멈출 수는 없습니다

생명의 바람길

4년 전 선항암하는 동안 집 안에만 갇혀 있을 때 식구들에게 끌려나오다시피 산을 올랐습니다. 겨울에 시작한 항암은 회차를 거듭하여 꽃피는 봄이 되었지만 계절의 바뀜을 전혀 인지하지 못하고 있었습니다.

항암의 부작용으로 몸은 만신창이가 되고 몸에 갇힌 마음은 아무런 의지도 없었습니다. 육체적으로는 5분 이상 걷기도 힘들고, 심리적으로는 밖으로 나가는 자체가 두려울 정도로 몸과 마음이 위축되었습니다. 탈모로 바뀐 외모를 혹시라도 누가 알아볼까봐 걱정도 되었습니다.

강제로 끌려나왔지만 그래도 나무 그늘이 있는 숲으로 들어가니 그 서늘함 때문인지 작은 안도감이 들었습니다. 쉬운 코스라지만 처음 나선 길은 의욕도 없고 힘들기만 했습니다. 잠시 숨을 고르고 쉬어가려 앉았는데 어디선가 한 줄기 바람이 불어왔습니다.

골짜기도 아닌 것이, 작은 비탈에 나무들이 자연스레 갈라진 사이로 작은 길이 나 있었고 그 사이로 서늘한 바람이 불어왔습니다. 산에 들어와서 처음 맛본 바람이기도 하고, 집 밖을 나서서 처음 맞은 바람이었습니다.

"아 세상은 여전하구나. 나만 뒷걸음질치고 있었구나.
살고 싶다, 나도."

왈칵, 세상과 같이하고 싶은 욕망이 순간 들었습니다.

이후 이 비탈길은 내게는 생명의 바람골이 되었고 매일 산책의 필수 코스가 되었습니다. 일부러 이 길을 지나가면서 기억하려 합니다. 내가 느낀 그때 그 생명의 끈을.

부엌이 살아난다

암 진단을 받은 뒤, 어느 날인가부터 주방에는 고무장갑 두 켤레가 걸려 있습니다. 내가 쓰던 고무장갑이 작았는지 남편이 조금 더 큰 것을 하나 더 구해서 내 장갑과 나란히 놓았습니다. 그 장갑은 나에게 보내는 무언의 응원입니다.

어설픈 대로 가족들은 옷장이 된 베란다 빨랫줄에서 갈아입을 옷을 고르고 자기 식대로 아침밥을 챙겨먹고 출근과 등교를 합니다. 그렇게라도 일상은 흘러가야 합니다. 빨래든 먹거리든 아무것도 신경 쓰지 말고 오로지 내 몸 회복에만 집중하라는 가족들의 묵시적인 합의입니다.

사후 약방문 같지만 건강한 환경을 만들기 위해 마시는 물을 알칼리수로 바꾸고, 식단은 다소 값이 비싸더라도 면역력 높이는 데 조금이라도 보탬이 되고자 고단백 유기농 식재료로 마련해 일상의 기본습관에서부터 건강 지킴이로 바꾸었습니다.

이제는 매일매일 산책길에 장을 보고 조물조물 반찬도 직접 만들어 먹습니다.

사실 발병 전에는 먹거리에 그다지 신경 쓰고 살지 못했습니다. 투잡을 뛰고 있어서 늘 바빴고 살뜰한 식탁을 꾸리지 못했습니다. 일하는 중간의 점심은 대충 건너뛰고 주린 배를 움켜쥔 저녁은 폭식으로 마무리했습니다.

부엌에서 가족들을 위한 음식 만드는 시간을 내기가 어려웠습니다. 가족들은 학교와 직장으로 늘 밖으로 나돌고 굳이 제가 식탁에 전념할 이유가 없어 보였습니다.

면역력의 시작은 식탁이다

이제 면역력의 시작이 될 식탁을 살리기 위해 부엌으로 복귀했습니다. 아이들의 초등시절까지 닭튀김(지금은 치킨으로 부르지만), 피자 등도 번거롭지만 일일이 다 만들어서 먹였습니다. 외식이 일상화되기 전이기도 하지만 재료를 구입해 집에서 손질해 먹이는 것이 제일 좋다고 여겼기 때문입니다. 내 어머니가 그런 것처럼 아이들이 무탈하게 자라라고 열 살까지의 생일상에 올리는 수수팥단지를 직접 만들었습니다.

아이들이 크면서 일을 시작하게 되고 그 이후로 부엌을 떠났습니다. 이제 식탁이 건강의 지킴이라는 원칙을 세우고 부엌으로 돌아왔습니다. 제철에 나는 음식으로 조금씩 매끼마다 해먹기로 합니다.

누가 선심 쓰듯이 밥 한번 먹자는 말은 어디 좋은 식당 가서 먹자는 말인데, 이제는 그 말이 마냥 반갑지만은 않습니다. 아무리 유명한 식당(요즘은 맛집이라 하지요)이라도 왠지 손맛이 들어간 집밥에 못 미친다는 고리타분한 생각을 갖고 있습니다. 사먹는 밥에 너무 물려서인지도 모르겠습니다. 거칠지만 소박하고 정갈한 밥상, 제가 꿈꾸는 밥상입니다.

유통기한이 임박한 야채들을 삽니다

음식 맛이 신선하고 좋은 재료에서 나오는 것은 당연지사입니다. 저도 잘 압니다. 하지만 저는 일부러 유통기한이 임박한 야채들을 삽니다. 신선한 것만 먹어도 부족한, 몸도 부실한 제가 신선도가 떨어지는 재료를 찾아서 먹는 이유가 있습니다. 다름 아닌 순전히 저의 게으름 때문입니다.

아무리 신선하고 좋은 재료를 사오면 무얼 하나요. 사 온 즉시 냉장고로 직행해서 며칠을 묵히니. 심한 경우는 흐물흐물해져서 도로 내다버리는 경우도 있습니다. 사실상 돈을 버리는 겁니다.

장을 봐온 날이면 그것도 외출이랍시고 피곤해서 반찬을 할 기운이 없습니다. 일단 냉장고에 넣고, 다음날 식탁에 올리면 다행이겠지만 아닐 경우에는 반찬으로의 변신을 장담 못 합니다.

그래서 궁여지책으로 생각해 낸 것이 유통기한 임박한 야채 사기입니다. 일단 품질면에서 그다지 떨어지지 않는데 값은 30% 이상 저렴합니다.

유통기한이 임박한 만큼 빨리 요리해야 한다는 압박감에 꼭 필요한 만큼만 사서 바로 해먹게 됩니다. 소량을 사다보니 큰 마트 갈 것 없이 동네마트나 슈퍼에서 간단히 구입하게 됩니다. 굳이 냉장고 큰 거 필요없이 쓰던 옛날 냉장고도 그대로 씁니다. 일석이조입니다. 동네수퍼가 바로 우리 집 냉장고입니다.

내 삶도 작은 시지프스

(-1) = (×3)

이 무슨 엉터리 수식인지. 제가 만들어 냉장고에 붙여 놓았는데 의미를 두자면 하나 빠진 것을 원상복구하려면 그 하나만 채워 넣으면 되는 것이 아니라 처음의 세 배만큼을 해야 충

원된다는 말입니다.

매일 하는 운동이 그렇습니다. 하루 운동을 거른 다음 날 산에 오르려면 엄청 힘이 듭니다. 조금 워밍업을 해서 채우는 정도가 아니라 아예 새로 시작하는 품이 듭니다.

어제 산책을 쉬고 오늘 산에 오르려니 시간대부터가 어정쩡합니다. 11시가 넘어가는 시간, 해는 이미 중천에 올라있고 기온은 25도를 가리킵니다. 평소 같으면 벌써 산에서 내려올 시간입니다. 용기를 내어 나서지만 다리가 천근입니다.

심장에서 시작된 피돌기가 복부를 거쳐 허벅지의 근육을 독려하지만 무릎이 삐거덕거리며 주춤합니다. 정강이 역시 보조를 맞추려면 시간이 걸립니다. 열 발가락 끝까지 쫙쫙 피돌기가 끝나야 힘차게 땅을 박차고 앞으로 나갈 수 있을 텐데, 마음을 몸이 따라주지 않으니 답답하기 이루 말할 수가 없습니다.

힘차게 걸은 다음에야 몸속의 장운동도 원활해져 배변활동도 좋아지고, 노폐물이 빠져나가야 혈색이 돌아와 피부도 고와지고 탱탱해질 텐데 말입니다.

내 삶도 작은 시지프스입니다. 어제 올려놓은 돌은 그 자리에서 나를 얌전히 기다리고 있어야 하는데 내가 돌아서서 하루를 마감하는 그 순간에 같이 뒤따라 도로 굴러내려와 내 발밑에 놓여 있는 것 같습니다.

하지만 어쩌겠어요. 그것이 인생이라면 매일 아침 발밑에서 나를 기다리는 이 돌을 고이 굴려서 다시 산에 오르겠습니다. 우여곡절 끝에 오른 산책길은 저를 실망시키지 않고 맞아 줍니다.

"안녕, 나 왔어요."

머리는 차갑게, 가슴은 뜨겁게

젊은 시절, 저 말을 들으면 가슴이 뛰었습니다. 하지만 암 진단 후 세 번째 겨울을 맞이하는 오늘은 춥습니다. 특히 머리가 더 시립니다. 차가운 이성은 배부른 소리, 따뜻한 게 최고입니다. 머리는 따뜻해야 합니다. 머리가 따뜻해야 온몸이 따뜻합니다. 온몸이 따뜻해야 면역력도 올라갑니다.

이제는 머리카락이 많이 자랐으니 멋내기로 이것저것 써봅니다. 항암 하느라 태어난 이래 처음으로 민머리가 되고는 오매불망 머리카락 자라기만을 기다렸습니다.

주홍글씨처럼 외모로 드러나는 환자 인증, 낮아지는 자존감.

민머리를 가려보려 가발도 쓰고 사시사철 온갖 모자로 위장하려 무진장 애를 썼습니다.

기적처럼 시간이 흐르고 흘러 만족스럽진 않지만 모자를 벗어 팽개치는 순간의 홀가분이라니.

"제가 그 엄청난시간을 이겨냈군요."

유방암 진단 이후 무엇이 달라졌을까

체중마저 원상 회복

유방암 진단 받은 지 4년 반이 스르르 지나갔습니다. 검진시기만 되면 심정이 복잡미묘해집니다. 마음은 잠시나마 나태해졌던 삶을 무의식중에 후회하고 반성하고, 몸은 항암의 고통이 되살아난 듯 저절로 위축됩니다.

한편으론 별일 없겠지 하면서도 다른 한편으론 걱정이 밀려옵니다. 유방암을 경험한 자의 업보입니다. 전이 재발의 소식이 의외로 멀지 않기 때문입니다. 나만 피해 간다는 보장은 어디에도 없습니다.

완치를 의미한다는 5년이 가까워옵니다. 그 사이 저는 어디가 어떻게 달라졌을까요.

먼저 외모는 진단 받기 전으로 원상 회복(?)됐습니다. 몸무게마저. 70kg을 오르내렸던 몸무게는 항암, 방사시 60kg까지 빠졌고 3년 이후 꾸준한 상승세를 타고 복구돼버렸습니다.

유방암 환자는 체중에 민감합니다. 지금은 10kg을 감량해야 림프 부종도 줄어들고 건강도 자신할 수 있는 처지인데 몸무게가 정상 조절 범위를 벗어났습니다. 일단 탄수화물 식사량을 줄여봅니다. 하지만 양을 줄이려고 하다가 단백질 등 중요한 영양소마저 부족해질까 걱정입니다. 체중과 영양을 잘 조절해야겠지요.

다음은 운동량입니다. 유방암 진단 전에는 거의 운동을 하지 않았습니다. 한 달에 두어 번 가까운 산에 오르는 것이 다였습니다. 지금은 매일 정기적으로 걷습니다. 최소한 7천 보는 넘기려 애씁니다.

운동은 하루를 살아가는 밑천이기에 꼭 지킵니다. 운동도 근력을 키우는 강도로 늘려가야 하는데 나잇살이 겹쳐져 땀 흘리는 운동을 하기가 쉽지는 않지만 내가 할 수 있는 제일 손쉽고 지키기 쉬운 건강 유지법이기 때문에 장시간 꾸준히 걷는 것으로나마 보충하려 합니다.

일상생활은 전에는 일이 무조건 우선이었습니다. 돈을 받은 대가로 하는 일에는 최선을 다해 최대로 시간을 쏟아 해냈습니다. 그런데 일은 해도해도 끝이 없습니다. 이 일만 끝나면 시간을 좀 여유 있게 보내자 하지만, 일은 이 일이 끝나기 전에 벌써 저 일이 줄 서 있습니다.

스스로가 만족하는 삶

일만 우선시 하다보면 저는 사라지고 일만 남을까 걱정입니다. 요즘은 워라벨이라는 신박한 유행어 덕분에 일과 삶의 행복한 균형을 맞추려는 분위기라 좀 반갑기도 합니다.

지금은 온종일 일하는 것은 피합니다. 오전에 집중해서 일하면 오후에는 좀 여유있게 보냅니다. 피곤하기 전에 일을 마쳐야 합니다. 한번 탈진해 버리면 충전하기가 힘들기 때문입니다. 배터리가 완전히 방전되기 전에 충전을 해야 하는 것과 같은 이치입니다.

물론 일을 덜 하니 경제적으로 좀 빡빡한 건 사실입니다. 이럴 땐 소비를 줄입니다. 별다방 커피 대신 소박한 커피를 마시는 겁니다.

물도 갈증이 오기 전에 미리미리 보충합니다. 목 마르다고 몸에서 신호를 보내기 전에 충분히 수분을 보충해 줍니다.

대인관계도 달라졌습니다. 진단 전에는 여기저기 불려다니는 게 내가 인기 좀 있어서 그런 줄 알았습니다. 이제는 빈번하게 사람들을 만나는 건 좀 삼갑니다.

유방암으로 인해 인생이 유한함을 절실하게 깨닫고 나서 내 삶에 정말 중요한 것은 무엇인지에 대해 많이 생각합니다. 습관적으로 만나는 모임보다는 내 내면의 소리에 더 집중하고 충실해지기로 했습니다. 누가 알아주지 않지만 내 스스로 만족하는 삶을 살려 합니다.

가장 중요한 변화는 오늘 해야 할 일을 내일로 미루지 않는 겁니다. 하고 싶은 일은 거의 바로바로 실행합니다. 우물쭈물하다가 못하게 될지도 모르니까요. 내 스스로 세운 계획으로 하루가 금방 지나갑니다.

하고 싶은 일과 해야 하는 일이 있다면 해야 하는 일부터, 다소 힘들고 어려운 일부터 합니다. 일이 부담되면 할 일을 만들지 않고 편하게 지내는 것도 좋다고 생각합니다. 생활을 단순하게 만드는 거지요. 하지만 사소한 일이라도 꾸준히 하는 것을 권합니다. 하루하루가 의미 있어지기 때문입니다.

선물 받은 하루가 나에게 왔다

아침은 늘 설렘이다

새로운 아침이 시작됐습니다. 아침이라는 말만으로도 설렙니다. 발병 이후로 잠을 잘 자는 것이 면역력을 키우고 치료의 일부분이라 여겨서 내 스스로 일어날 때까지는 아무도 나를 깨우지 않습니다. 아침에 눈을 뜨면 집안에 덩그라니 홀로 남겨져 있을 때가 많습니다.

다행히 애들은 이미 성년으로 자랐고 남편은 손수 식사 준비를 하기 때문에 늦잠에 대한 부담은 없습니다. 저는 잘 자고 잘 먹는 것으로 제 할 일 다합니다.

발병 후 표준치료가 끝나는 1년여는 암환자라 하지만 완치라는 5년까지 추적 관찰하는 기간까지 환자 취급하는 게 뭐해서 그런지 이때는 암 경험자라고 합니다.

이름 붙이는 게 뭔 대수냐 싶지만서도 당사자에게는 의미가 다릅니다. 환자라 하면 어딘지 병약한 분위기를 뿜어야 할 것 같은데 경험자라 하면 뭔가를 이겨낸 투사 이미지가 풍겨서 좋습니다. 이 경험자의 하루는 일반인과는 조금 다릅니다.

이미 겪어낸 암이지만 같은 환경에서 지낸 사람들보다 암에 취약해 발병한 만큼 표준치료가 끝나도 자기 관리하며 매일 시간을 잘 보내야 합니다. 내 몸에 있는 암 찌꺼기가 언제 세력을 확장해 다시 쳐들어올지 모르므로.

무수히 많은 좋은 음식이 있지만, 좋은 것을 다 먹을 수는 없습니다. 하지 마라, 먹지 마라, 하는 말 때문에 생병이 날 지경입니다. 좋은 걸 다 하지는 못하지만 나쁜 것은 절대 안 하기로 합니다.

아침에 일어나면 제일 먼저 알칼리수 한 잔을 마십니다. 이 물은 하루 종일 2리터를 마십니다. 그리고 마늘청국장환 10여 알, 이건 미네랄 섭취에 좋다 하고, 유산균 한 알은 장속 건강 면역력을 키우는 데 좋습니다.

아침에 배달되는 케일즙, 야채를 직접 갈아먹는 게 제일 좋지만, 매일 그 힘든 수고로움에서 벗어나게 해줍니다. 중국에 사는 환우는 이걸 먹는 게 제일 부럽다고 합니다. 그 넓은 중국 땅에 믿고 먹을 만한 야채즙이 없다니.

먹는 것만큼 중요한 것이 운동입니다. 아침 산책으로 보통 40분 이상 7~8천 보를 걷습니다. 항암중에는 천 보도 걷기 힘들더니 지금은 마음만 먹으면 15,000보도 가능해졌습니다. 오늘은 평지 걷기를 넘어 난이도 있는, 경사가 있는 등산에 도전해야겠습니다.

나가야겠습니다. 운동이 좋아서가 아니라 살기 위해서입니다. 저에게 걷기는 운동이 아닌 생존입니다.

선물 같은 하루

인생이 유한하다는 것을 느낀 이후로 나에게 매일매일 주어지는 하루는 선물입니다. 풀어보지 않은 보따리를 열어보는 들뜬 마음으로 하루를 시작합니다. 잠과 함께 어제의 불편함은 꿈나라로 보내버리고 눈 뜨는 새 하루, 새로운 뉴스와 새로운 이벤트를 기대합니다.

이른 아침 커피향과 함께 스마트한 그녀의 안부톡이 울립니다. 그녀에게도 새로운 아침은 커피와 함께 찾아왔나봅니다.

커피는 설렘입니다. 하루 달랑 한 잔, 제게 허용된 커피. 언제 먹을지 어디서 마실지. 대부분 혼자 먹을 터이지만 늘 설렙니다. 너무 일찍 마시면 하루가 길고, 점심 이후에 마시면 저녁 잠이 걱정됩니다.

오늘은 산책중에 유난히 작은 나무들이 눈에 들어옵니다. 새로 꾸민 공원의 나무들은 이름표를 달고 있습니다. 다 비슷하게 보이지만 이름표를 보니 나무마다 다른 특색이 눈에 들어옵니다. 나무를 자세히 보고 이름과의 연결 고리를 찾아봅니다. 커다란 잎보다는 잎을 지탱하고 있는 가녀린 줄기가 눈에 띄입니다. 누군가 알아주지 않아도 말없이 계절에 순응하며 제 몫을 해냅니다. 불평 한마디 없이, 거부조차 안 하고.

집 가까이에 산책하고 수월하게 오를 수 있는 동네산이 있다는 건 축복입니다. 이런 조건으로 보면 제가 사는 곳은 건강 관리에 최적의 환경입니다. 10여 분 느림으로 걸어 야트막한 둔덕에 오르면 영국 왕실 근위병 부럽지 않은, 담양 못지않은 쫙 뻗은 메타세콰이어 군락이 반겨줍니다.

곧게 뻗어 올라간 메타세콰이어만큼이나 쭉 고르게 펼쳐진 산책길에서 게으름 부리며 뒷짐 지고 사부작사부작 거닙니다. 익숙하고 낯익은 단골 산책객들과도 눈인사를 나눕니다.

길이 지루해질 만하면 작은 나무들이 빽빽하게 모여 있어 한낮에도 햇볕이 잘 통과하지 않는 수풀더미를 만납니다. 그 빽

빽함이 수상스럽고 은밀해서 토토로숲이라 이름 붙였습니다. 애니메이션의 주인공 토토로가 그 숲 그늘에 숨어 있다 튀어나올 것 같습니다. 이 코스는 길도 제법 구불구불하고 한적해서 산책객의 수도 절반으로 줄어듭니다. 이렇게 이름 짓고 다니니 산책길이 더 정다워집니다.

이곳을 숨죽여 지나고 나면 산책의 반환점이 나옵니다. 이곳을 돌아 다시 메타세콰이어 입구까지 가면 한 바퀴 도는 겁니다. 이 코스를 두 번 돌아야 기본 산책 시간이 끝납니다. 걸음수로는 7~8천 보, 시간으로는 한 시간 정도 걸립니다. 이렇게 운동을 해줘야 선물 같은 하루를 누릴 수 있습니다.

산으로 갈까, 카페로 갈까

가끔 아침에 갈등이 생깁니다. 며칠 운동도 변변치 않고 머릿속은 복잡하게 얽혀 있어 머릿속을 풀어야 할지, 걷기로 몸속을 먼저 풀어야 할지, 쉽게 결정이 내려지지 않습니다.

우선 순위로 치면야 당연 운동을 하는 것이 맞겠지만, 코앞에 닥친 해결해야 할 일을 먼저 하고자 생각을 가다듬으러 카페를 찾았습니다. 카페에 도착해 책을 펴놓고, 커피 주문하기가 무섭게 친구에게서 연락이 옵니다. 눈이 좀 쌓였으니 산에 가자는 겁니다. 사양할 이유가 없지요.

일은 잠시 접어두고 산을 오릅니다. 벌써 부지런한 이들의 발길이 눈 쌓인 길에 흔적으로 남아 우리를 재촉합니다. 올해 그나마 쌓인 눈으로는 처음인 듯합니다.

역시 진리는 걷는 겁니다. 한 시간 남짓한 산행과 수다 와중에 머리는 가벼워지고 몸은 활력을 찾았습니다. 산행 후 친구와 함께 소박한 점심을 먹고 나니, 막막한 생각도 정리되고 남은 오후가 두렵지 않습니다. 오후에는 머릿속을 풀어내야겠습니다.

"오늘 걸으셨나요? 걸을 수 있을 때 걸으세요."

몸은 열정을 기억하고 있다

아침 준비를 하고 나가려니 마음이 바빠 어미의 역할을 포기하고 읽을 책을 몇 권 들고 카페로 나왔습니다. 주말이라 식구들의 기상이 늦어 밥을 차려주고 나오려면 기다려야 했지만, 1월 출간을 앞두고 있는 책의 마무리로 시간이 촉박했기 때문입니다.

적절한 제목과 홍보 문구, 출간된 책을 잘 드러내 줄 단어를 찾느라 며칠째 고심중입니다. 조용한 오전 시간은 집중력이 하루중 그 어느 때와 비할 수 없이 좋습니다. 역시나 카페에는 나와 같은 분위기를 찾는 사람들이 많습니다. 열중하고 있는 일들이 모두 잘 이루어지길…….

머릿속에서 구상하고 찾던 단어들이 현실에서 하나씩 구현되는 순간이면 가슴이 뛥니다. 내가 원하는 글들이 책마다 그득합니다. 작가보다는 편집자의 시선이 제게 더 잘 어울리고 잘 해내는 것 같습니다. 이런 가슴 떨림을 얼마 만에 느껴보는지.

내 몸은 오래 묵어왔지만 열정으로 인한 가슴 떨림을 몸은 기억하고 있습니다. 감사한 일입니다.

모래 속에 숨어 있는 주옥 같은 단어를 찾아내 보물상자를 만들려고 오늘도 글 사이를 헤매고 다닙니다.

"생은 길섶마다 행운을 숨겨두었다."

니체는 말했습니다. 날마다 행운을 찾아 나서야겠습니다.

다시 일상에 슬쩍 스며들다

오늘은 좀 솔직해지기로 한다

사실 매번 겉으로 드러내지 않고 아무렇지 않은 척 하지만 매 순간순간이 짜증날 때가 많습니다. 몸 한편이 조금만 아파도 혹시 하는 마음과 함께 덜컥 겁부터 납니다. 몸 어딘가에 천형처럼 낙인이 찍힌 것 같습니다. 이번에도 좀 아끼고 살아보자고 알뜰해졌는데 급작스런 복통의 원인을 찾아 각종 검사를 하느라 검사비로만 100여 만 원이 훌쩍 나갔습니다.

중증 적용이 안 되는 질환은 한번 검사비로만 몇 십만 원이나 됩니다. 암 질환에는 중증이 적용돼 진료비용의 5%만 부담하면 됩니다. 이건 참 감사한 일입니다. 예전에는 암 진단을 받으면 집안이 거덜났다는 말이 이해가 됩니다. 오랜 기간 치료와 집중적인 처치가 필요하기 때문입니다.

내가 그동안 뭐 때문에 아등바등 절약을 한 건지 허무하기 짝이 없습니다. 건강한 몸이라면 며칠 버티다 안 아프면 그만하고 말 텐데, 혹시라도 다른 곳으로의 전이나 재발이 있을까 겁먹어 정밀 검사까지 한 것입니다.

암을 경험한 자의 업보입니다. 짜증으로 인해 제일 먼저 드는 생각, 그리고 사라지지 않는 끈질김으로 내 몸 어딘가에서 버티고 있는 생각. 나는 왜 암에 걸린 걸까.

현대 의학에서 여지껏 불치의 영역으로 남아 있고 싸구려 감성팔이 드라마에서 적당한 반전이 없을 때 쉽게 들이대는 종양, 암! 그 미지의 영역이 왜 내 몸 안에서 자리잡았을까.

암 질환은 무엇보다 조기 발견이 중요합니다. 아무리 건강한 상태라도 항상 자신의 몸을 돌보고 매사 너무 무리하거나 이번까지만 달리자,라는 생각은 제발 삼가길 바랍니다.

4기 간전이로 진단 받았지만 저도 처음부터 4기암이 생기지는 않았을 겁니다. 1기부터 자그마하게 자리잡으면서 끊임없이 제게 신호를 보냈을 텐데 제가 못 듣고 무시했기 때문에 4기가 되도록 방치한 뒤에서야 발견한 것 같습니다. 이런 제 무심함 때문에 고생하는 내 몸에게 늘 미안합니다.

사실 암 발병 이후 나의 삶은 엄청나게 달라졌습니다. 가진 것은 없지만 거침없이 당당했던 하루하루가, "여기 뭐가 만져져요", "종양이 꽤 번졌습니다"로 인생길이 급전락하여 자연의 삶, 원초적 삶을 지향하게 되었습니다.

생존, 무조건 살아남기

발병 초기의 표준치료 기간에는 오직 생존, 살아남기가 목표였습니다. 화학적 치료야 그렇다치더라도 즐기던 커피도 끊고, 채식으로의 전환이 좋다 하여, 완전 채식. 그리고 1년여의 치료가 끝난 안정기가 되어서야 겨우 커피를 마시기 시작하고 육식도 곁들이기 시작했습니다. 안정기라고는 하지만 아직도 몸속에 있을지도 모르는 암 찌꺼기 때문에 모든 것이 조심스럽기 때문입니다.

암 같은 중병을 겪은 사람들의 대부분 마음은 이제부터 좋은 시간을 보내겠다, 이제까지의 삶과는 달라지겠다,입니다. 매순간 소중히 성실히 살자, 나 또한 그런 마음이 없지 않습니다. 이제껏 무수히 그냥 흘려보냈던 시간들이 아깝고 아깝습니다. 그러니까 앞으로의 삶은 매순간을 기쁘고 소중하게 보람있게 보내고 싶은 것은 너무나도 당연합니다.

하지만 이런 생각도 너무 집착하면 강박이 됩니다. 오후 시간을 아무 부담없이 드라마를 보면서 게으르게 흘려보내는 것은 시간 낭비일까요?

"앞으로 남은 시간이 얼마가 될지도 모르는데
이렇게 그냥 허비해? 제정신이야?"

모르겠습니다. 예전에는 삶의 마지막 모습을 그려본 적이 없었습니다. 막연히 뭐 해야지, 뭐 하고 싶은데, 하는 생각만으로 하루하루를 미루고 지냈습니다.

중학교 동창 애가 늘 하던 말, "태양이 녹스냐, 시간이 좀먹냐?" 절대 태양과 절대 시간은 그럴 일이 없지만 내게 주어진 시간은 좀먹고 녹슬고 있습니다.

어떻게 살아야 하나. 철학적인 문제가 아닙니다. 말 그대로 생존입니다. 남은 시간이 유한하니 그동안 하고 싶었지만 사는 일에 쫓겨서 우선순위에서 밀린 일들. 그래도 한세상 살다 가는데, 하고 싶은 일 하나쯤은 하고 가야지 않을까 싶습니다.

하루의 달란트, 걷기

고통은 방심을 파고듭니다

내 몸 하나 제대로 관리도 못하면서……. 고통은 항상 방심을 파고듭니다. 요즘 편안함이 지나쳤는지 급한 볼일로 아침 시간에 너무 서둘렀는지 지난주에 겪은 고통이 모자랐는지, 주말 내내 뱃속이 원활하게 돌아가지 못해서 심한 통증 속에 이틀을 보냈습니다.

한동안 컨디션이 좋아지고 날이 좋아지면서 바깥일에 너무 치중한 나머지 기본인 내 몸속을 들여다보는 것을 깜박했습니다. 몸이 바로잡히지 않으면 아무것도 할 수 없었던 것을 그렇게 지겹게 경험하고서도, 암도 아닌 변비에 여지없이 무너지고 맙니다.

가늘고 길게 살 건지 짧고 굵게 살 건지. 단연코 무조건 길게 살고 싶은 게 솔직한 바람입니다. 개똥밭에 굴러도 이승이 좋다고.

길게 살려면 스트레스 받는 마음 하나도 없이 오직 나 하나만을 생각하고 가족에게도 나만 위해 달라고 해야 하는데, 나 살자고 다른 사람에게 부담을 주어도 되나 싶습니다. 누구도 내 남은 생을 보장해주지 않습니다.

하지만 인간으로서의 욕망 기대 꿈도 없이 오직 생존에만 전념하는 것이 너무 서글프다고 하는 건 배부른 소리일까요.

내 몸은 준 전시상태입니다. 언제든지 전쟁터로 변할 수 있는 휴지기. 일단 하루하루만 생각하기로 합니다. 길고 깊은 생각은 나를 또 스트레스로 이끌 테니까요.

하루를 잘 지내려면 무엇보다 하루 기본 걷기로 하루 쓸 힘을 먼저 충전해야 합니다. 이 기본 걷기가 하루를 지탱해 나가는 힘이 됩니다. 하루의 달란트입니다.

내가 날씨에 따라 변할 사람 같소

어제 저녁은 바닥에 내동댕이쳐진 기분이었습니다. 갑자기 추워진 날씨 탓도 있고 근심스런 포항 지진 소식도 있고, 종로에서 공사로 인해 길이 헷갈린 탓도 있겠지만 운전중 혼란스러웠던지 나도 모르게 버스전용차선으로 들어가버렸습니다. 어쨌든 정신줄 놓은 건 분명합니다.

그렇지만 저를 제일 힘들게 한 것은 오후에 한 씨티 촬영입니다. 만 3년이 지나면서 정기검진 때마다 하던 거라 익숙해질 법도 하건만 매번 조영제의 메스꺼움은 견디기가 힘듭니다. 열심히 복식호흡 심호흡을 하고 마인드 컨트롤을 했지만 중간에 스톱을 외치고 약간의 구토. 먹은 것이 없으니 맹물만 나옵니다. 어찌어찌해서 남은 검사는 마쳤지만 도저히 기분이 회복되지 않습니다.

종일 굶은 속을 따끈한 국물로 달래고 집에 들어와 이불 속으로 직행했습니다. 오늘 일을 가족들에게 얘기하는 것도 구차스럽습니다. 쾅 닫힌 제 방문이 의미하는 것이 무엇인지 가족들은 압니다.

접근 금지, 피하는 것이 상책.

다음 날 아침은 놀랍게도 상쾌해졌습니다. 충분한 수면이 어제의 지저분한 기분을 말끔히 가져간 듯 새 날이 열렸습니다. 감사한 일입니다. 밤이 있어 잘 수 있고 잠과 함께 망각이 있음이 다행입니다.

아무 일도 없었던 것처럼 새 하루를 시작합니다. 조금 늦은 시간 산에 오르니 완연히 붉은기가 짙어졌습니다. 올 때마다 나무는 키가 참 크다고 생각합니다. 나무와 얘기하려면 어디까지 올라가야 할까요? 우리네 생각대로라면 한 다리로 서서 두 팔을 쫙 펼친 형상입니다. 그곳은 자기네 영역이라는 듯이. 《반지의 제왕》에서 나무들이 출동하는 모습이 떠오릅니다.

혹시 밤에는 팔을 늘어뜨리고 편한 자세로 온 산을 독차지하고 있다가 새벽에 동이 트면서 사람들이 올라오는 기척이 나면, 깍쟁이 사람들과 영역 다툼하기 싫어 슬쩍, 매일 우리가 보는 자세로 돌아가 있는 것이 아닐까 하는 엉뚱한 생각도 해봅니다.

나무는 현명합니다. 우리 키의 열 배가 넘는 외형이므로 다툰다면 백전백승, 나무가 이길 것 같은데도 일부러 싸움을 피하는 듯합니다. 아래 정도야 얼마든지 내줄 테니, 나무 타고 올라와 괴롭히지는 말렴, 하는 것 같습니다.

그것도 모르고, 난 나무가 어쩌고 그늘이 어쩌고 늘씬이 어쩌고 하며 나무가 피해준 공간을 활개치다가 내려옵니다. 내가 겁나서 나무가 아랫가지를 못 키우는 양 의기양양해집니다.

유방암 진단 후 생존 5년차 _연도별 마음 변화 보고서

생존 5년차, 이상 무

제목이 너무 거창한가요? 유방암 진단 받고 표준치료가 끝나고도 전이 재발의 두려움에서 자유롭지 못한 건 사실입니다. 암 진단이 두려운 이유이기도 합니다. 전이 재발을 막는 확실한 방법이 있다면, 암 정복 못지않은 대사건이겠지요. 암 정복이 되면 전이 재발은 당연히 사라지겠지만요.

암 진단을 받고, 그 힘든 항암 등의 치료를 다 견뎌냈는데 이후에도 전이 재발의 공포에서 놓여나지 못하는 것은 아무리 생각해도 너무 억울합니다. 〈유방암 이야기〉 카페에 지속적으로 올라오는 재발과 전이에 대한 질문글 뒤에 숨은 두려움의 무게를 느낄 수 있습니다.

힘들게 표준치료 잘 마치고 지나왔는데 어딘가 한 군데라도 아프거나 불편하면, 건강한 사람들에게도 올 수 있는 통증인데도, 혹시나 하고 불안해 합니다.

그러면 저처럼 처음부터 4기 진단 받은 사람은 어떨까요? 4년 검진 후 완치를 의미하는 5년까지는 약 6개월 남았습니다. 제 마음은 지금 어떨까요?

진단 첫해_암 진단의 충격과 공포

먼저 진단 첫해에는 암 확진의 엄청난 충격과 항암 치료의 고통으로 인해 제정신이 아니었습니다. 거의 일 년 동안 투명인간처럼 지냈습니다. 갑자기 나타난 암이라는 엄청난 압박에 눌려 제 존재 자체까지 부정하고 싶더군요. 아무도 모르는 곳에 가서 모래알처럼 사라지고 싶었습니다. 유방암 기수가 어쩌고 하며 따지는 것조차도 힘겨웠습니다.

특별히 착하게 살지도 않았지만 남에게 피해를 주는 일도 하지 않았는데 이 고통스런 병이 왜 나에게 온 걸까 하는 원망감에 자존감이 바닥까지 떨어졌습니다.

당시는 항암으로 인한 육체적 통증도 심하던 때라 밤낮이 뒤바뀌거나 말거나 오직 생물적인 몸의 반응에만 의존하며 지냈습니다. 민머리로 변한 감당할 수 없는 외모 또한 더욱더 내 안으로 숨어들게 만들었습니다. 어찌 이겨낼 생각도, 나아지겠다는 생각도 없이 될 대로 되라는 식이었습니다.

그런데 그런데, 신기하게도 곧 끝장날 것 같았던 생은 끝나지 않고 어느덧 시간이 흘러 있었습니다.

2년차_안도감과 불안감 사이에서

육체의 통증은 차차 사라지고 살아났다는 안도감과 뭔지 모를 불안감이 공존했습니다.

조금씩 예전으로 돌아올 수 있었던 것은 표준치료가 끝나고 독한 항암제가 빠진 표적치료만 하면서인 듯합니다. 다행히 약이 잘 들어 수술도 하고 머리도 삐죽삐죽 나기 시작했습니다. 육체의 통증과 고통이 사라지니 마음도 달라지더군요.

하지만 그때부터 전이성 4기의 부담이 느껴졌습니다. 완치란 없고 생명 연장만 가능하다, 약은 장기간 사용하면 내성이 생길 수 있다, 등의 불길한 말이 주는 강압감 투성이였습니다. 치료는 끝났는데 뭔가 개운하지 못한 마음, 여전히 어딘가 아프다고 하면서 가족의 케어를 계속 요구해야 할 것 같은 분위기였습니다.

몸은 완치된 듯한데 마음은 늘 불안하고 작은 통증에도 밤잠을 설쳤습니다. “스트레스 받지 말고 가능한 한 가늘고 기~~일게 살자”가 제 인생 목표가 되었습니다.

3년차_ 삶에 대한 의지는 더 솟아오르고

전이와 재발을 피할 수 있는 묘법을 찾아 여기저기 두드리다가 방송에서 가정의학과 전문의로 잘 나오는 의사분에게 진료를 받았습니다.

면역력을 기르는 법과 재발을 방지하는 비법을 묻는 저에게 몸 관리하고 면역력을 높이는 생활습관이 가장 중요하다, 그러려면 잘 자야 한다, 면역력의 60%는 잠에서 오고, 그 다음이 음식, 그 다음이 약이라고 하시더군요.

사실 진단 후 3년차가 되니, 진단 당시의 마음과 항암의 고통에서 많이 벗어나서인지 내가 환자 같기도 하고 아닌 것 같기도 합니다. 일상생활에 지장이 없고 딱히 아픈 데도 없는데 굉장히 조심해야 할 거 같은 느낌이었습니다. 돌아온 일상이 소중할수록 재발에의 공포는 더 커졌습니다.

"아, 이렇게 맘 졸이면서는 더 못 살겠다, 재발이 오든 다시 전이가 되든 웅크리고 있지만 말고 한번 제대로 살아보고싶다"는 오기가 생겼습니다. "한번 치료했는데 두 번은 못할까. 다시 오면 뭐, 또 하면 되는 거지." 하는 배짱도 생겼습니다.

앉아서 닥쳐오는 운명에 속수무책으로 당하지 말고, 나가서 당당하게 내 앞에 다가올 운명에 맞서겠다,라는 말이 되는지 안 되는지 모를 그런 생각도 들었습니다.

사실 진단 받기 전에는 나름 건강하게 잘 살았습니다. 그 당시는 혹시라도 내가 암에 걸릴까 하는 두려움은 하나도 없었습니다. 지금도 마찬가지입니다. 치료 받아 완치되면 진단 전과 똑같은 상황이 된 겁니다. 그런데 왜 지금은 이렇게 두렵고 두려운가요?

4년차_담담하게, 조금은 용기있게

어쨌든 암 진단으로 비싼 수업료를 내고 얻은 교훈은, 인생은 유한하다는 겁니다. 천년만년 끝나지 않을 것 같은 인생길 어느 모퉁이에서 튀어나온 암 진단은 저를 겸손하게 만들었습니다. 내가 하고 싶었던 일은 무엇인지, 한 번 사는 세상 하고 싶은 거 하면서 살자, 하며 인생 의미를 찾자는 마음도 들었습니다. 그래서 《원데이 원힐링 다이어리》도 만들고 글도 쓰고 책도 만들면서 남은 시간 알차게 쓰고 싶은 마음이 들었습니다.

북에디터 일을 시작하면서 덤으로 얻은 것은 온통 내 몸에만 집중하던 압박감에서 벗어난 것입니다. 그동안 오로지 생존에만 매달리던 절박한 마음에 한 줄기 여유가 생겼다고 할까요? 일에도 힘을 쏟아야 하므로 몸에만 집착하던 마음이 조금 관대해졌습니다.

일정에 맞춰 일을 하다 보니 시간이 흐르는 건 아는데 계절이 바뀌는 건 미처 느끼지 못합니다. 지난 1년은 정말 후딱 지나갔습니다. 책 한 권을 끝내면 창밖의 풍경이 바뀌어 있었습니다. 아파트 앞의 흰 목련꽃은 사라지고 담장 울타리의 빨간 장미가 저의 들락거림을 챙기고 있더군요. 저도 모르는 사이에 한 계절이 지나간 거지요.

어느 누구의 인생인들 특별하지 않겠습니까?

극단적인 절망에 싸여 놓쳐버린 진단 첫 일 년은 돌아보니 무척 아쉽습니다. 그때부터 희망으로 힐링의 일기를 썼다면 치유가 더 쉽지 않았을까 하는 마음도 듭니다.

일을 다시 하면서 원치 않은 스트레스도 받고 어려움도 있지만 작은 성취감으로 보상 받고 있습니다. 무엇보다 재발의 두려움을 잊을 수 있어서 좋습니다.

4년 6개월차_인생 뭐 있습니까

제가 진단 5년차를 무사히 맞아 이런 글을 쓰게 되리라고는 한 번도 상상해보지 않았습니다. 암에서 놓여났으니 대충 몸사리며 길게만 살자 했는데 일을 벌여놓으니 생활이 다소 번잡해지는 감이 있습니다. 살아있는 생물인데 당연한 거겠지요.

아무렇지도 않은 척하며 글쓰는 이 시간에도 재발의 두려움은 있습니다. 암이 내 의지와 상관없이 온 것처럼 재발도 제 의지는 아랑곳하지 않고 부지불식간에 언제 들이닥칠지 모릅니다. 어차피 내 앞에 펼쳐질 운명이라면 감당해야겠지요.

하지만 지금은 좋은 약들이 하루가 다르게 나오고 있습니다. 제가 진단 받았던 4년 전과는 치료 환경이 많이 좋아졌음을 느낍니다. 저와 비슷한 시기에 높은 기수로 진단 받은 환우들 중 많은 분들이 잘 치료 받으며 안정적으로 지내십니다. 앞으로도 치료 환경은 더 좋아지리라고 기대합니다. 이런 마음이 저를 안심으로 이끌기도 합니다.

인생 뭐 있을까요? 주어진 길을 최선을 다해 살면 되지 않을까요? 돈이 있으면 있는 대로, 명예와 권력이 없으면 없는 대로, 내일모레 환갑을 바라보는 나이가 되고 중한 병을 앓고 나니 마음도 몸도 좀 가벼워지는 느낌입니다.

시간에 눈금을 매겨보자

소소하고도 소중한 일상

특별히 소화해야 할 일정이 없는 집순이 생활이 계속 이어지다보니, 어제가 오늘 같고 내일이 오늘과 별반 다를 게 없는 지루한 일상이 펼쳐집니다. 반복되는 운동과 집안일, 먹기 잠자기 등, 무척 소중한 일상이지만 이 일상에 가끔씩 끼어드는 특별한 일정은 오히려 까먹는다는 게 문제입니다. 나이탓인지 적어 놓고 잊지 말자 하지만, 메모한 것을 보는 것조차 잊는 게 함정입니다.

분주한 주말을 보내고 아침 산책을 나가려다가 문득 떠오른 생각을 바로 실천에 옮겨봅니다.

시간에 눈금을 매겨보자.

나중으로 미루면 이 생각을 했다는 자체가 없던 일이 될 테니까요. 누군가가 무심코 한 말이, 갑자기 떠오른 생각 하나를 놓치지 않으면 그것이 스스로 자라 역사가 될 수도 있겠지요. 머릿속에 있는 것은 아무도 가져가지 못하지만, 내놓지 않으면 나 또한 가질 수가 없습니다.

일단 요일의 눈금을 그어봅니다. 월요일은 주 1회 청소하는 날. 주말 동안 가족이 편하게 지낸 흔적을 깨끗이 정리합니다. 청소와 정돈을 하면서 주간 다이어리에 일주일의 계획을 세웁니다. 월요일이 시작이라면 주 5일 추세를 따라 금요일은 마무리, 정리하는 날입니다. 단기계획은 일주일을 넘기지 않게 평가까지 마칩니다.

화요일은 배움의 날. 보통 인문학 강좌나 문화센터 강의를 오전에 하나 정도 신청합니다. 수요일은 병원 가는 날. 매주는 아니지만 꾸준하게 수요일 진료가 잡혀 있어 아예 약속을 잡지 않는 게 좋습니다.

목요일은 딱히 정해진 일정이 없는 자유로운 날입니다. 먼 거리 외출을 하거나 부담없이 집에서 게으름을 피워도 좋습니다. 목요일이 아무거나 데이가 되니 벌써 목요일이 기다려집니다. 이 날은 대부분 주말 식사 준비를 하거나 쇼핑으로 채워질 듯합니다.

금요일은 무겁기도 가볍기도 한 날입니다. 한주의 마감이기에 심리적 부담감은 덜어지면서 일주일 동안 누적된 피로의 무게가 보태집니다.

주말은 제 의지대로 흐르지 않습니다. 가족 행사가 있기도 하고 무엇보다 한주 내내 바깥 밥에 찌든 식구들이 집밥을 원하기에 삼시세끼 시중 들다보면 노동 강도는 최대치가 됩니다. 경제적으로 식구들에게 내 밥줄을 맡기고 있는 만큼 제가 군말없이 봉사하는 게 맞습니다.

일주일 스케줄을 짤 때 중요한 일은 핸드폰 알람을 같이 세팅하는 겁니다. 스케줄표를 못 보고 놓치는 일이 없도록. 매일 하는 일은 따로 기록하지 않아도 되겠지요. 설마 매일 해야 하는 일까지 잊는다면 그것은 너무나 슬플 것입니다.

이렇게 한주의 스케줄을 짜보니 제가 엄청 중요한 사람이 된 듯합니다.

가족, 그 소중한 이름

남편이 의심스럽다(?)

제가 잠순이라 일찍도 자지만 아무도 깨우지 않기에 아침에도 좀 늦게 일어납니다. 어떤 날은 식구들 다 나가버리고 텅 빈 집에서 혼자 눈뜨기도 합니다.

새벽잠 없는 남편이 과일 몇 개를 씻어 놓곤 합니다. 게으르고 아픈 마누라 위한답시구요. 씻어 놓으면 그냥 먹기만 하면 좋죠. 내가 씻어서 먹으려면 먹느냐 마느냐, 먹는다면 무엇을 먹느냐로 햄릿 수준의 갈등을 겪어야 합니다. 아무 생각 없이 식탁에 마련된 것을 먹다가, 오늘은 갑자기 이거 제대로 씻는 건가 싶은 의심이 들었습니다.

제가 먹는 것은 특별히 깨끗이 씻은 뒤 꼭 식초와 소주에 담갔다가 다시 헹구어달라고는 했지만 당최 씻는 걸 보지 못하니. 아니나 다를까, 식초와 소주가 예상보다 많이 남아 있습니다. 이걸 어떡하죠? 남편이 귀찮아서 대충 씻어놓은 거 같아요.

"부엌에 CCTV 달아야겠어요."

돈을 먹을 수는 없지 않은가

여러 모로 남편에게 절을 하고 싶어집니다. 발병 후 지금까지 저의 안위를 살피는 것은 오롯이 남편 몫입니다. 당사자인 나보다도 더 챙깁니다.

아침에 일찍 일어나 욕실 앞에 널브러진 전날 벗어놓은 허물들을 세탁기에 넣어 돌리고, 개수통에 처박힌 그릇들도 식기세척기에 넣고, 그리고 나의 일용할 양식들, 고구마를 쪄놓고 토마토를 씻어 놓는 것 정도입니다. 그러고는 우렁각시마냥 나가버립니다.

사실 뭐 별거 아니라고 좀 당연하게 생각했는데, 오늘 아침 당연스레 식탁에 놓인 고구마 한 개를 먹으면서, 이렇게 삶아 놓지 않으면 내가 과연 아침 끼니를 위해 고구마를 꺼내 씻고 쪄서 먹을까 싶은 생각이 들었습니다. 전에는 남편이 돈만 잘 벌어오면 좋겠다 했는데.

"배 고프다고 돈을 먹을 수는 없잖아요."

나를 움직이는 것

매일 야근을 밥 먹듯이 하던 딸이 이번 주말에는 신발을 신지 않겠노라 선언하고 하루종일 방바닥에서 뒹굴고 있습니다. 나는 오전 내내 생강편과 들깨를 볶느라 정신이 홀딱 나가 있었고, 오후에는 긴 강의를 신청해 놓은 터였습니다. 딸아이는 먹을 만한 주전부리를 만들어 주며 내가 자기와 시간을 보내줄 것을 기대하는 눈치였지만, 강의 시간에 맞추어 나가느라 점심도 내주지 못하고 나왔습니다.

늦은 저녁에 들어와, 낮에 못 놀아준 것을 벌충하다보니, 시계는 어느새 새벽 1시를 가리킵니다. 잠을 청하기 위해 며칠 전 주문한 공지영 산문《시인의 밥상》을 읽습니다.

"이 세상에서 가장 강한 사람은 모든 것을 버린 사람이다. 이 세상에서 가장 무서운 사람은 아무것도 욕심 내지 않는 사람이란다."

작은애를 움직이려면 일당을 제시하면 됩니다. 용돈 궁한 학생이기 때문입니다. 돈을 버는 큰애는 돈으로 움직일 수 없습니다. 그 아이를 움직이려면 진심으로 마음을 얻어야 합니다.

그럼 나는 어떤 것에 움직일까요. 난 의리입니다. 이익을 구하려 한평생 몸을 썼지만 돈은 나를 따르지 않았고, 지금은 마음이 가는 사람에게 움직입니다. 그러면 돈보다 더한 가치를 서로 나눌 수 있습니다.

조금, 조금만 더, 그 조금이 어렵다

아이의 성적표를 보다가 한마디했습니다.

"조금만 더하면 원하는 대학에 가겠다."
"…… 그, 조금이 너무 어려워요……."

이런, 내가 무슨 말을 한 건지. 아이를 책망하려는 의도는 아니었는데. 자신이 최선을 다해도 안 되는 부분이 있습니다. 남 보기에는 최선을 다하지 않은 것으로 보일 수 있겠지만 주어진 시간 환경 안에서, 자신의 여건에 맞춰서 나름대로 최선을 다하고 있는 것입니다. 다만 바라보는 객관적 잣대가 다를 뿐입니다.

보잘것없어 보이는 결과물이라도 그 결실을 위해 애썼을 시간들을 보지 못하고 결과만으로 너무나 쉽게 평가해버린 건 아닌지 반성합니다.

"아, 엄마가 미안해. 그런 뜻이 아니었어, 애썼다."

엄마의 음식 오이지

매콤하고 꼬들꼬들한 한여름의 맛

여름이면 돌아가신 친정 엄마의 기일이 찾아옵니다. 첫애를 낳고 아프신 엄마께 산후조리를 의지하던 계절도 여름입니다. 장마로 습한 집안에 군불을 때가며 당신의 첫 손주를 반겨 주셨습니다.

거의 30년의 시간이 흘렀는데도 아직도 눈물바람 없이 엄마를 이야기할 수 없습니다. 너무 일찍 가셨음에 대한 아쉬움이 두고두고 서러움으로 남아 있습니다.

저는 한여름이면 오이지를 많이 먹습니다. 맛있고 화려한 음식이 넘쳐나는 이 시절에 짜디짠 오이지가 웬 말일까요? 오이지는 제 어머니의 음식입니다. 어려운 살림에 1남 4녀를 키우느라 시장에서 좌판을 벌여 생활을 꾸려나간 엄마는 늘 바빴습니다.

여름철에 싸고 흔한 오이를 사다 소금물에 절인 오이지를 한 통 가득 담가 두고는 오이지무침도 하고 물김치로도 만들어 여름 내내 드셨습니다. 그것도 부엌에서 선 채로, 후딱.

우리 자매들은 여름이면 각자의 방식으로 오이지를 담아 엄마를 추억합니다. 이렇게 무더운 여름이면 아삭아삭하고 매콤하고 짭조름한 오이지무침이 무척 그립습니다.

여름처럼 살다 여름에 가신 제 엄마가 유독 여름에 더 그리운 것은 차라리 다행스럽습니다. 더위에 지쳐도 엄마와 함께한 오이지를 먹으면서 엄마를 추억하고 기운도 차릴 수 있으니까요.

오독오독 짭짤한 오이지를 먹으면서 당시에는 제법 핫한 음식이었다고 하면 너무 억지스러울까요.

엄마의 정성이 깃든 밥들은 제 육체와 영혼을 키워냈습니다.

인생은 아름다워

안개가 자욱해도

오랜만에 안개가 자욱한 날입니다. 한치앞도 내다보기 힘든. 그러나 두려워하지는 않습니다. 한 발짝 내딛으면 안개는 그만큼 뒤로 물러나고, 시야는 그 한 발짝만큼 계속 확보됩니다. 두려움도 사라집니다.

안개 도시 런던을 여행했을 때, 내심 지독한 런던 안개를 기대했습니다. 하지만 유난히 추웠던 하루를 빼고는 날씨가 더할 수 없이 좋았습니다.

일상으로 돌아온 지금도 안개 속 같습니다. 하지만 하루하루 진행할수록 하루치의 명확함과 믿음이 생깁니다. 물론 기대치도 올라갑니다. 풍선처럼 부풀어 오릅니다.

인생은 아이러니다

젊고 힘 있고 금전적으로 여유가 있을 때는 하고 싶은 일을 못하더니, 늙고 병들고 돈 없으니 이제 하고 싶은 일을 하게 되었습니다.

하고 싶은 일은 당장에 이익이 안 나는 일이어서, 돈벌이가 되는 일을 할 수 있을 때는 굳이 하려고 하지 않았습니다. 힘이 달려 돈을 대가로 하는 일이 하기 어려워져서야 슬그머니 마음속에 담아 두었던 일을 시작합니다. 비록 돈이 되는 일은 아니지만 늘 꿈꾸던 일입니다.

아무것도 없고 마음만 있습니다. 그래도 늦게나마 하고픈 일을 시작하니 행복합니다.

젊은 날의 초상

80년대 추억 놀이

스무 살 그 풋풋했던 시절, 그때는 유난히 걷기를 즐겼습니다. 고 3때 학력고사를 마치고 허탈한 마음에 서교동 학교에서부터 양화대교까지 무작정 걸었습니다. 수능 후 상실감에 시달리며 찬바람 가득한 한강대교 위를 왔다가갔다가, 더 이상 지체할 수 없는 시간까지 걷다가 우리들은 각자 집으로 돌아갔습니다.

지금의 양화대교, 당시에는 한강에 다리가 서너 개밖에 되지 않아 제1, 제2, 제3 한강교, 이렇게 불렀습니다. 누군가 한강 건너가자 하면 별 토를 달지 않고 몸을 최대한 웅크리며 강을 건너갔다가 다시 되건너왔습니다.

고등학교 1학년 때는 서울대교, 지금의 마포대교를 무척 많이 걸어서 건너다녔습니다. 당시 서울에서 고등학교를 다녔다면 해마다 10월 1일 국군의 날 행사에서 대대적인 교련 시범을 보이느라, 여의도 광장에서 얼굴과 몸이 타들어간 추억이 한번쯤은 있었을 것입니다.

지금의 여의도 공원 자리로 당시는 온통 잿빛 아스팔트 바닥이었습니다. 서울 시내 고등학교에서 차출된 수백 명의 고 1학생들이 열과 오를 맞춰 교련시간에 배운 제식훈련을 했습니다.

그렇게 많은 학생들을 동원하는 것은 지금 시대에는 상상도 할 수 없는 일이지만 당시에는 오후 수업을 빼먹을 수 있다는 메리트에 살짝 들뜨기도 한 것 같습니다.

간만에 꽃구경 삼아 친구와 양화대교를 걸어서 건넜습니다. 선유도 공원에 갔다가 내친김에 중고등학교 시절 친구들과 놀던 합정동 서교동 망원동 등을 거닐며 옛추억에 빠져보고 싶은 마음에서. 무려 40년 전이라 강산이 4번이나 변했겠지만 대로변의 큰 건물만 거둬낸다면 그 뒤의 골목길은 어찌어찌 생각날 것도 같아 호기롭게 나섰는데 대교 초입을 지나자 금방 후회했습니다.

40년 전과는 달리 엄청난 수의 차량들로 다리 위는 가득 찼고, 거기서 뿜어내는 매연 때문에 계속 가기도 돌아오기도 어정쩡한 지점에서, 지나간 것은 다 아름다워 보인다는 말이 뒤늦게 생각나는지. 인생이란 참.

대학로 마로니에 공원

지금은 80년대의 흔적을 찾을 수 없을 정도로 엄청나게 변했고, 근 몇 년간은 거의 찾은 기억이 없지만, 80년대 학창시절, 수업이 없는 한가한 오전에는 이곳 창 넓은 마로니에 찻집에 앉아 마냥 멍 때리고 있었습니다. 사색하고 있었다고 멋부릴까 하다가 당시의 사색은 모두 망상이었음이 판명된 지금 차라리 솔직한 게 나을 듯싶습니다.

이곳은 대학 새내기 때 가톨릭 회관에서 독서 동아리 모임으로 매주 모여 즐기던 곳이어서인지 제게는 무척 각별한 곳입니다. 연극에 빠져서 주말마다 공연장을 찾기도 했습니다. 문예회관 대극장 여러 소극장 등등.

연극하니까 또 생각나는 것이 30년 전 내가 즐기던 희곡, 연극들이 그동안 흐른 세월이 무색할 정도로 아직도 명작으로의 지위를 지키고 있다는 겁니다. 진정 불후의 명작이어서 그런지, 돈 안 되는 분야라 후속작들이 안 나오는 건지는 지금으로서는 판단이 안 섭니다.

제 아이디 카덴자를 만난 것도 이 당시입니다. 이현화 님의 희곡《카덴자》에서입니다. 전체 내용은 잘 생각나지 않는데 일종의 부조리극 같습니다. 이오네스코의《대머리 여가수》처럼. 처음에는 희곡을 읽으면서 순진하게 대머리 여가수가 언제 나오나 엄청 찾았는데 끝내 나오지는 않더군요. 이야기가 딴 데로 샜네요. 이 버릇은 고쳐지지가 않네요.

80년대에 이곳에 올 때는 남영동에서부터 무작정 걸은 적이 많았습니다. 버스비가 아까웠던 건지 시간이 남아돌았는지는 가물가물하지만 걷다 보면 헝클어진 생각들이 가지런히 정리되는 것은 지금이나 그때나 같습니다. 그러니 그때부터 걷기를 좋아했던 걸로 해도 괜찮겠지요.

괜찮다, 다 괜찮다

서울대 병원을 가로질러 창경궁으로 가려 하니 커다란 입간판이 훅 들어옵니다.

"괜찮다, 다 괜찮다."

서울대 병원 암병동에 걸려 있는 현수막입니다. 이런 제길! 신파처럼 가슴이 뭉클, 눈시울이 붉어집니다. 힘든 시간을 보내고 있는 환우분들에게 힘이 되리라 여겨집니다.

비가 내리는 오후 창경궁은 휴원중, 길이 한적하다 못해 을씨년스럽기까지 합니다. 오늘의 목표는 창경궁 돌담길을 끼고 비원까지 걷는 거였는데, 공사중이라 지하로 임시 난 길을 걸어야하는데다가 공사장 먼지를 뒤집어쓰는 코스밖에 없어 그만 접었습니다.

창경궁 돌담길을 옛생각에 젖어 운치있게 걸어보려는 생각은 터무니없는 망상이 되었습니다. 옛날과 참 많이 달라졌습니다.

이곳을 즐겨 다니던 80년대 초반, 싱그럽다는 표현이 전혀 안 아까운 그 청춘들.

"얘들아, 다들 잘 살고 있는 거지, 지금까지처럼 계속 가는 거야."

건강한 청춘은 건강한 미래를 만듭니다. 그나저나 과거만 자꾸 얘기하는 나는 건강한 건지. 아이들은 미래를 재잘대는데 부모 세대는 과거나 읊조리고 있으니.

다시 꿈꾸어도 될까요

할 수 있거나
할 수 있다고 꿈꾸는
모든 일을 시작하세요
새로운 일을 시작하는 용기 속에
능력과 기적이 모두 숨어 있습니다
_괴테

꿈은 언제까지 꾸는 걸까요

어느 날, 쉰 살이 되었습니다

꿈꾸는 데 나이 제한이 있을까요. 언젠가부터 아무도 제게 꿈이 있냐고, 꿈이 무엇이냐고 묻지 않습니다. 아이들과 젊은 이들에게는 답에 대한 아무런 기대도 없이 상투적으로 물으면서 이제는 더이상 아무도 저에게 물어오지 않습니다.

30대가 지나고 결혼을 하고 자녀가 생긴 뒤로 일정한 궤도에 올라탄 제 생은 정해진 노선만 달리는 협궤열차가 돼버린 것인지……. 나이가 쉰이 넘었지만 여전히 하고 싶은 것이 있고 앞으로의 내가 무엇이 될지는 나조차도 모르는데.

나의 미래는, 앞으로의 운명은 이 시대 대부분의 아줌마들처럼 그렇고 그렇게 흘러갈 것이라는 것이 모두에게는 다 보이는 모양입니다. 그것도 나쁘진 않겠지만 거기에 나만의 독특한 색을 더하고 싶다면 지나친 욕심일까요?

어린 시절부터 막연히 책과 관련된 무언가를 하리라고 생각했습니다. 나를 둘러싼 환경에서 제일 손쉽게 꿀 수 있는 꿈은 국어선생이 되는 것이었습니다. 꽉 짜인 교과를 따라가는 과목보다는, 인생과 미래에 대한 전망을 얘기할 수 있는 국어시간이 나는 좋았습니다.

국문과로 진학한 뒤에는 현실적인 제약으로 인해 교사의 길로 가지 못하고, 출판사에서 사회생활을 시작했습니다. 이후에 펼쳐진 생은 내 의지보다는 시간과 일이 스스로 만들어내는 타임라인에 휩쓸린 삶이었습니다. 그 흐름을 거스르고 내가 뜻하는 바대로 살아가기엔 나는 너무 의지가 박약했고, 주어진 일을 철저히 해내야만 하는 단순무식자였습니다.

가족을 이루고 내가 보듬어야 할 내 책임 아래 있는 자식이 생기고서는 나라는 개인은 온전히 사라지고 가족의 울타리를 지키는 데만 전념했습니다. 그 안에서 매순간 열심히 살긴 했지만, 무언가 허전한 것이 느껴졌지만, 그 무엇이 무엇인지 모르는 채로, 그 무엇을 고민하기에는 너무나 바쁜 생활의 궤적을 뒤쫓아가기도 벅차게 살아왔는데 어느 날, 나는 쉰 살이 되었습니다.

앞으로 남은 생보다 훨씬 많은 시간을 보냈을지도 모르는 쉰 살. 이번 생은 이대로 끝날 것 같다는 불안감, 이대로는 안 되겠다는 다급함으로 내 스스로 선을 그어버렸습니다.

이제부터의 삶은 내가 하고 싶은 일을 하면서 살자, 교사나 작가의 꿈을 이루기에는 현실적으로 어려움이 많으니, 좋은 책을 만드는 편집자로서 다른 이에게 꿈을 주는 책을 내자고 마음먹었습니다.

편집자로서의 새로운 삶을 꿈꾸는 도중, 너무나 신파 같은 일이 일어났습니다. 또래 친구들은 자녀들을 대학에 진학시키고 나서, 결혼한 자식의 손주를 돌봐야하기 전까지의 이 나이가, 제2의 황금기라며 자신만의 시간을 즐기기에 좋은 때라고 했습니다. 그런 황금기에 운명의 장난처럼, 저급 드라마처럼 덜컥 유방암에 걸렸습니다.

지난 3년간의 투병기 따위는 얘기하고 싶지 않습니다. 페이스오프 수준으로 발달한 현대의학계에 여전히 불치의 지대로 남아 있는 암. 생명이 오락가락하는 영역.

묻지도 따지지도 않고 복불복으로 느닷없이 남의 인생에 들이닥쳐 일상에서 강제 하차시키고 몇년간 고립된 치료기간을 보내게 하고, 그러고도 완치 여부는 확률에나 맡긴다는 식의 무책임한 처방이나 날리는 암 따위의 구질구질한 투병기는 얘기하고 싶지 않습니다.

본인에게는 목숨이 걸린 중대한 일이지만 막상 암 자체의 치료나 고통은 대개 비슷하고 드라마에서 전형적으로 많이 묘사되었기에 자칫 진부하게 느껴질 수 있습니다.

삼 년여의 치료 시간이 내 인생에서 뭉텅 잘려나가고 고통의 시간도 흐르고 예전의 건강한 모습으로 돌아왔지만 늘 재발과 전이의 불안에 시달리는 나로서는 매일매일 선택의 딜레마에 빠집니다.

아무 생각없이 스트레스 없이 길고 가늘게 쭉 생존만을 이어갈 것인지, 다소 긴장감을 갖더라도 내가 잠시 놓았던 꿈을 계속 이어갈지.

글을 쓰는 것은 자유를 얻는 것

이 글을 쓰고 있는 걸 보면 마음의 갈피는 대충 잡은 거 같습니다. 최대한 관리하면서 못다한 꿈을 이뤄보자는 쪽입니다.

블로그를 열고 매일의 생활을 쓰다 보니 글 솜씨도 날마다 늡니다. 날마다 하면 직업이라더니, 고전 평론가 고미숙 님은

북콘서트에서 말했습니다.

"책을 읽는 것 외에 내가 만나는 사물, 사람, 이 모든 행위가 읽는 것이다. 우주와 자연, 세상이라는 텍스트를 쉼 없이 읽고, 읽고 나면 써라. 내가 느끼는 것, 받아들이는 것에 대해 말하고 쓰고 싶은 것은 너무나 당연한 일이다. 이 쓰는 행위를 통해 사회와 네트워크를 형성할 수 있다. 쓰는 행위는 작가가 된다는 거창한 것이 아니라 자유를 얻는 도구다."
_《고전과 인생 그리고 봄여름가을겨울》 북 콘서트에서

내 생각들을 풀어내고 공감 받고 위로 받고 싶은 마음. 하지만 글을 쓴다는 것은 보통 어려운 일이 아닙니다. 저처럼 글쓰기보다 책 만들기를 먼저 익힌 사람은 자기 검열이 심해서 더 그렇습니다. 처음 발병하고 제일 먼저 한 일이 방마다 쌓인 무수한 책들을 처분하는 거였습니다.

잘 버리지 못하는 성격에 습관처럼 쌓아 놓았던 책들, 다시 볼 시간이 없을 것도 같았고 그렇게 책으로 둘러싸인 방들이 나의 지적 허영을 드러내는 것 같아 대학 때부터 지니고 있던 전공서적, 아이들이 보던 책들, 일로 필요해서 산 책들 기타 등등. 한 달여에 걸쳐 책을 버리고 책장을 들어내고 그 방은 건강

지킴이처럼 내 육신을 위한 황토방으로 만들었습니다. 잠자기 좋은 환경으로, 면역력은 잠에서 나온다 하기에.

목표는 오로지 살아남기입니다. 그래도 시간은 어김없이 흐르고 내 생의 종착점은 모습을 드러내지 않습니다. 감추고만 있습니다. 굳이 내가 그 지점을 알려 할 필요는 없습니다. 해이한 하루하루가 계속 되고 스트레스 받고 길거리 음식 먹는 옛날의 습관으로 나도 모르는 사이 끌려갑니다.

"그냥 아무 생각 없이 살면 안 될까?
안 죽는 사람이 어딨어?"

날마다 이런 생각 때문에 마음이 혼란스럽습니다.

그냥 맘대로 살 수도, 환자의 태도를 유지하면서 몸을 사리며 살 수도. 대놓고 드러낼 수는 없지만 이것이 나의 솔직한 심정입니다.

남은 생이 지극히 유한하다는 불안감을 떨쳐내고 지금껏 못다 이룬 꿈을 꾸어도 괜찮을까요. 쓰는 행위로 힐링을 얻고 꿈을 이룰 수 있을까요. 이왕 한번 온 인생, 최소한 내가 하고 싶은 일은 하고 가야 하지 않을까요.

찬란했던 시절

세상을 다 가질 듯한 풋풋함

쉰 몇 해를 살아오면서 인생의 제일 찬란했던 한때를 꼽으라면 단연코 대학 졸업을 앞두고 교생 실습 나가던 시절입니다. 어려서부터 책을 좋아한 저로서는 국어교사가 된다는 꿈은 자연스러웠습니다. 푸릇푸릇한 20대에는 세상을 다 가질 수 있으리라는 자신감이 넘쳤습니다.

서울 시내 언덕 높은 곳에 자리한 여고에서 교생 실습을 할 때 시 단원으로 공개 수업을 했습니다. 기왕이면 학생들이 시를 친근하고 쉽게 느끼도록, 밋밋한 읽기보다는 입체적인 낭송으로 들려주려고 학교 방송반 친구에게 부탁하여 이육사의 《광야》에 《신세계 교향곡》을 배경음악으로 삼아 시청각 자료를 만들었습니다.

웅장한 배경 음악에 굵직한 남성 목소리로 낭송한 이육사의 《광야》가 교실 안에 울려퍼지자 아이들은 숨죽이고, 눈동자는 반짝반짝 빛났습니다.

까마득한 날에
하늘이 처음 열리고
어데 닭 우는 소리 들렸으랴
모든 산맥들이
바다를 연모해 휘달릴 때도
참아 이곳을 범하던 못하였으리라

졸업 후의 현실은 녹록치 않았습니다. 교사를 업으로 삼으려는 일은 순탄치 않아 차선책으로 출판사를 선택했습니다. 대가를 받으면서 좋아하는 책을 하루 종일 보는 것이 즐겁고 행복했습니다. 책을 통해 사람들에게 간접적으로 희망을 전달하는 가치 있는 일이었습니다.

결혼을 하고는 직장을 접고 육아에 전념했고 아이들이 어느 정도 자라자 사교육을 통해 꿈을 이어나갔습니다. 고되지만 매 순간 최선을 다하는 삶이었습니다.

오십대 문턱을 넘으면서 건강에 이상이 생겼습니다. 아무 증상이 없었는데 가슴에 멍울이 만져지고 유방암이라는 진단을 받았습니다. 완치가 어려운 건 물론이거니와 재발과 전이가 빈번하다는 치명적인 병입니다.

불치의 병으로 드라마와 소설의 단골 주제인 암이 소설처럼, 지어낸 이야기처럼 저에게 나타났습니다. 여러 날을 자고 일어나면 이 모든 것이 꿈이기를 간절히 기도하면서 보냈습니다. 오직 음악만이 위로가 되던 시간이었습니다.

갑자기 들이닥친 암은 일상생활을 멈추게 하고, 세상과 단절된 채 일 년간의 항암 투병을 하고, 이어지는 표적치료 식이요법 운동 등으로 전과는 많은 것이 달라진 채 암 경험자가 되었습니다.

나만의 음색으로 연주하기

인생이 유한함을 온몸으로 경험하고 난 뒤 역설적이게도 삶은 오히려 풍부해졌습니다. 하루하루가 축복이고 감사입니다. 건강할 때 불평하던 것조차 모두가 감사할 대상입니다.

날이 좋아서 날이 흐려서가 아니라 흘러가는 매순간이 소중합니다. 내 삶에 허락된 모든 인연들도 귀하게 여기게 되었습니다.

또하나 내 인생, 오직 하나뿐인 내 인생도 귀하게 여기고, 진정 내가 원하는 삶은 어떤 삶인지를 생각하며 남은 시간 동안 나를 위한 의미있는 시간들을 보내려고 합니다. 누구의 엄마, 누구의 아내보다는 제 자신이 선택한 생을 산 흔적을 남기고 싶습니다. 다른 사람의 눈을 의식하지 않고 정말 하고 싶은 일들을 찾으려 합니다.

내 안에 있는 두려움을 걷어내려 합니다. 내가 이걸 하면 흉이 잡히지나 않을까, 큰 손해를 입지는 않을까 두려워, 따지고 따지다 결국 해보지도 못하고 흘려보낸 것들, 이제는 조금 용기를 내서 도전해 보겠습니다.

다소 미숙하면 어떤가요. 해봐야 잘한 건지 못한 건지를 알고, 해봐야 더 잘하도록 반성도 해보지요.

인생 후반부를 이제껏 듣는 수동적인 삶에서 벗어나 적극적으로 나만의 음색으로 연주하고 싶습니다. 제2의 찬란한 인생이 되겠지요.

58? 58!

나이는 숫자입니다

꽈당!(놀라 뒤로 자빠지는 소리)

다이어리를 만지다보니 내가 올해 쉰여덟이라고 합니다.

"누가 그래?"

"누구긴, 모른 척하지 마."

이럴 수가, 마음은 아직도 한창 잘 나가던 37살 언저리에 있는데…….

그래도 한 50쯤 됐나 했는데 에누리 없이 58이랍니다. 20년지기 동갑내기 친구가 꼽고 일러주는 거니 틀림없을 터입니다. 하지만 부정하고 싶습니다.

이번 생은 끝난 건가? 다음 생에나?

하긴 유방암 진단서에 만으로 52살이 적혔었고 그다음 3년간은 아무 생각 없이 투병으로 정신없이 지나가다보니 내 생에 그 기간은 삶이 아니라 과정으로 치부되어 뭉텅 잘려나간 기분입니다.

지금의 내 처지는 한마디로 늙고 병들고 돈 없는, 별 볼일 없는 인생입니다. 남들은 유방암 겪고 난 후의 인생은 덤이라고 봉사하는 삶을 살겠다 하는데, 몸이 많이 회복된 지금은 욕심이 납니다.

"52에서 그대로 멈춰라!"

비밀입니다. 나이 묻지 마세요. 그냥 숫자일 뿐입니다.

이번 생은 이렇게

얇팍한 지식과 약간 쓸모 있는 기능

대학교 2학년 때 슈바이처의 문고판 《원시림 속으로》를 읽고 의과대학 못간 것을 통탄하며 의술이야말로 진정 인간에게 꼭 필요한 학문이라 여겼습니다. 그때나 지금이나 의대가 가고 싶다고 누구나 갈 수 있는 데는 아니지만.

미국 드라마 수사물이나 존 그리샴의 법정 소설 매니아였던 시절에는 법대 못 간 것을 살짝 아쉬워했습니다. 이런 세계도 있구나 싶었고, 하지만 빠져들면 빠져들수록 참관자는 가능해도 집행자는 나와는 안 맞는다 싶었습니다.

대학시절 친구가 일본 서적을 읽으려고 일본어를 공부한 지 얼마 지나지 않아 원서를 죽죽 읽어댈 때, 쟤도 하는데 설마 내가 못하랴 싶었지만, 결국 나는 못했습니다.

예순을 바라보는 지금도 해보고 싶은 것이 있습니다. 많지는 않지만 내게는 작고 보잘 것 없지만 나름대로 쓸모 있는 얄팍한 지식과 다소 쓸 데 있는 기능이 있습니다. 축적만 돼 있고 그 기능을 제대로 다 쓰지 못하고 있는.

그래서 남은 생에는 그것을 쓰는 데에 집중하려 합니다. 배울 것은 널려 있지만 일단 내가 갖춘 기능을 최대한 방출하기로 했습니다. 모자라는 부분은 재능 교환하며 보충하겠습니다.

이번 생은 이렇게 가는 걸로…….

자화상, 그 오래 된

저를 어떻게 생각하세요?

가진 것은 없어도 나 잘났다, 하고 살 때는 한사코 사진 찍히는 게 싫었는데 늙고 병들고 나서는 사진을 많이 찍습니다. 그것도 주로 셀카를 찍습니다. 거의 매일 외출 전에, 운동중에 한 컷 정도는 찍는 듯합니다.

전시회에 캐릭터 그려주는 부스가 있으면 절대 그냥 지나치지 않습니다. 혹시라도 남에게 예쁘게는 아닐지언정 추하게 보이기 싫어서입니다.

밖으로 드러나는 외모가 자신이 없는 탓도 있고, 다른 이의 눈에 비치는 내 모습은 어떨지 궁금하기도 합니다. 나에 대한 아무런 정보나 편견없이, 보이는 그대로의 모습이 어떨지, 스치면서 지나가는 사람들은 나를 어떻게 생각하는지가 궁금합니다. 암에서 빠져 나왔지만 그걸 객관적으로 인정받고 싶은 심리인지도 모르겠습니다.

지난 2~3년 사이에 찍은 사진들입니다. 요즘 건강해져서 정신없이 나돌아다니는 중에는 셀카질이 뜸해졌습니다. 다른 사람의 시선을 의식하지 않을 만큼 자신이 생긴 건가 봅니다. 사진 몇 장에 여러 의미를 걸어둡니다.

같은 날 다른 시각, 여성 작가와 남성 작가의 작품입니다.

할로윈 시즌에 받은 거라 분위기가 으스스합니다. 분위기는 할망 같은데 둘 다 착한 할망 느낌입니다.

표지에 사용한 프로필 그림은 네모토끼 일러스트 작가가 그려 주었습니다. 귀여움을 한껏 장착하고 한때 나의 트레이드 마크인 베레모를 쓴 모습입니다.

이때의 그림과 사진들은 모두 모자를 쓰고 있습니다. 가발을 쓰고도 어색해서 그 위에 또 모자를 쓴 모습들입니다. 오랫동안 나의 민머리를 가려준 모자들, 그 시절이 애틋하게 떠오릅니다.

둥글둥글하고 포근한 캐릭터가 돋보이는 스페인 화가 에바 알머슨의 전시가 있어서 만사를 제치고 갔습니다. 한국 전시에서 작가를 직접 볼 수 있다는 것만도 대단한 경험인데 사인회 겸 캐릭터를 그려주는 행사가 있어서 한 장 받았습니다.

작가의 인물들은 거의 비슷비슷해서 저라고 내세울 곳은 안경 쓴 것밖에 없지만 그래도 저와 마주앉아 인사 나누며 작가분이 손수 그려준 것에 충분히 만족합니다. 이런 게 다 사는 재미지요. 이 시점에서 정색하고 질문 하나,

"저를 어떻게 생각하시나요?"

작가나 한번 해봐야겠다

작가라는 폼나는 관사

글을 깨치면서부터 품었던 꿈입니다. 재미난 이야기를 써보는 것, 좋은 글을 읽을 때마다 마음속에 한켜한켜 작가로의 소망이 쌓여 갔습니다. 어쩌다보니 글을 쓰는 것보다 책 만드는 일을 먼저 하게 되면서 글 쓰는 것이 아주 어려워졌고 작가가 되려는 꿈과는 멀어져 버렸습니다.

단지 좋아한다는 연장선에서의 글쓰기는 하면 안 될 것 같은 느낌이 들어 본인에게는 글쓰기 엄금 조치를 내리고, 다른 이의 글들은 매의 눈으로 샅샅이 까다롭게 평가하게 된 것입니다. 잘못된 글은 독이 되어 사람들에게 나쁜 영향을 끼칠 수도 있다는 것을 편집일을 하면서 먼저 깨친 탓입니다.

글은 아무렇게나 쓰면 안 되겠구나, 막연히 써보고 싶다는 생각만으로 해서는 안 되는 일. 활자화의 위력을, 그 연장선상에서 글쓰기의 어려움이 작가가 되고픈 꿈을 넘어섰습니다.

오십줄에 들어섰는데도 쓰고 싶다는 욕구는 사그라들지 않고 생계를 위한 일에 온 시간을 쏟고 있는 나 자신을 보노라면 어딘지 내가 있을 데가 아닌 곳을 헤매는 듯한 느낌이었습니다.

그렇게 살았었는데, 더 이상 온전히 생계를 떠안지 않아도 되는 시절이 오자, 인생이 유한함을 온몸으로 절절이 체득한 이후, 글쓰기는 더는 미룰 수 없는 일이 돼버렸습니다. 그래도 만물의 영장이라는 사람으로 태어난 이상 내가 해보고 싶은 일은 한번쯤 하고 가야 되지 않을까. 그래야 인생이 후회 없지 않을까. 생을 마감하는 순간에도 미진한, 못 다한 일이 남아 있다면 너무나 슬프고 후회스러울 것입니다.

"작가가 뭔 대순가, 그냥 쓰면 작가지."
"내가 쓴 글을 누가 읽어 주기나 할까."

내 친구들과 나를 아는 사람들, 그렇게만 돌려보더라도 쓰고 싶다는 욕구는 사라지지 않았습니다.

소설가 김연수님은 산문 《소설가의 일》에서 말합니다. 누구나 죽기 전에 한번은 소설을 쓰는데 그게 바로 자기의 인생 이야기랍니다.

첫 소설이랍시고 흉내 비스무리하게 낸 거라곤 중학교 1학년 때 어디서 많이 들었음직한 것을 흉내내 쓴 겁니다. 40년이나 지났는데 왜 중 1이 확실하냐고 묻는다면 기억력도 그다지 좋지 않고 최근에 깜빡깜빡 치매 초기 증세도 보이는 상태인데도 당시의 일은, 소설을 썼노라고 말하며 부끄럽게 반 아이들 앞에서 낭독하던 날의 이미지가 머릿속에 사진처럼 선명하게 남아 있기 때문입니다.

수업중 눈발이 날리고 아이들의 주의가 창가로 몰리면서 수업 분위기가 깨지고 그 틈에 내 글을 들어달라고 하던 모습(감히 친구들 앞에서 낭독했습니다) 내 자리는 창가쪽 맨 뒷자리. 당시의 담임 선생님 얼굴, 친구 몇 명의 얼굴이 또렷하게 생각나기 때문입니다.(이런, 쓰다 보니 눈 내리던 풍경은 현실이 아니라 내 소설의 첫부분이었을지도 모른다는 생각이 불안하게 듭니다.)

"와 선생님, 눈 와요 눈!"으로 시작되는, 내리는 첫눈을 보면서 첫눈 오던 날 떠난 첫사랑을 떠올리는 다분히 소녀 취향의 소설이었을 겁니다.

아 부끄러움이 40년을 단박에 뛰어넘어와 내 볼을 물들입니다. 죄없이 귀를 혹사 당하던 중 1때 반 친구들 기억이나 하고 있을지. 무료한 수업 중 만난 한바탕 해프닝 정도로만 여겨줬으면 다행인 듯(부끄럽게도 그 친구들 중에는 현재 스타 작가가 있습니다).

평생 일기도 제대로 쓰지 않은 주제에 뭔 글을 쓴다는 건지 돈 만 원에 구입한 소설에서 백만 원 이상의 감동을 받고는 저자에게 너무도 송구해 하던 착실한 독자로나 만족할 것이지. 타인의 눈을 의식해서 못해 왔다면 내 마음의 소리에 귀기울여 해보고 싶은 것, 그것도 40여 년 간 꾸준하다면, 한번 해봐도 되지 않을까요.

작가, 출발합니다

그럼 작가는 어떻게 되고 누가 작가라 불러주나요. 등단하려면 신춘문예에 응모해야 할까요? 그건 절대로 안 됩니다. 먼저 당선될 확률이 거의 제로에 가깝습니다. 쟁쟁한 신인들이 얼마나 많을지는, 취업 준비하듯 몇 년간 신춘문예에만 집중하는 이들이 많음을 너무나도 잘 알기에 나는 패스. 그리고 저는 그런 정통작가가 되고 싶은 게 아니라 그저 장식처럼 내 이름 앞에 작가라는 폼나는 관사 하나를 얹고 싶을 뿐입니다.

설혹 기적처럼 데뷔한다 한들 그 명성에 걸맞는 후속작에 대한 기대를 감당해낼 재간이 없습니다. 그건 명줄을 재촉하는 일입니다. 그럼 신변잡기 수필 몇 편 써서 동호회 가입하고 동인지에 슬쩍 끼워놓고 작가 명단에 이름을 올리면 될까요. 이건 또 이래서 어렵습니다. 제 주제가 모임이나 동호회에 꾸준히 참석하기에는 너무 내 멋대로입니다. 이제껏 그 흔한 동창 모임, 애들 학부모 모임, 지역 모임에 참석을 안 했기 때문입니다.

그래서 지금이라도 들어가려고 한다면 괴팍하다고 모나다고 정 맞을 것입니다. 그럼 제일 속 편한 방법은 다소 재정적 부담을 감수하고라도 단행본 분량의 글을 써서 자비 출판을 하는 것일 겁니다. 책을 낸다면 저자 이름을 박아야 할 테니까, 이 글은 그 시작이 될 것입니다.

혹시라도 생면부지의 사람이 책을 보고싶어 하면 책값을 받기는커녕 감사의 표시로 커피 쿠폰이라도 동봉해야 할 정도겠지만 제가 작가라는 명함을 가질 수 있는 건 이 방법뿐입니다.

이렇게 해서라도 글을 쓰고 싶은 욕망을 이룰 수 있다면 기

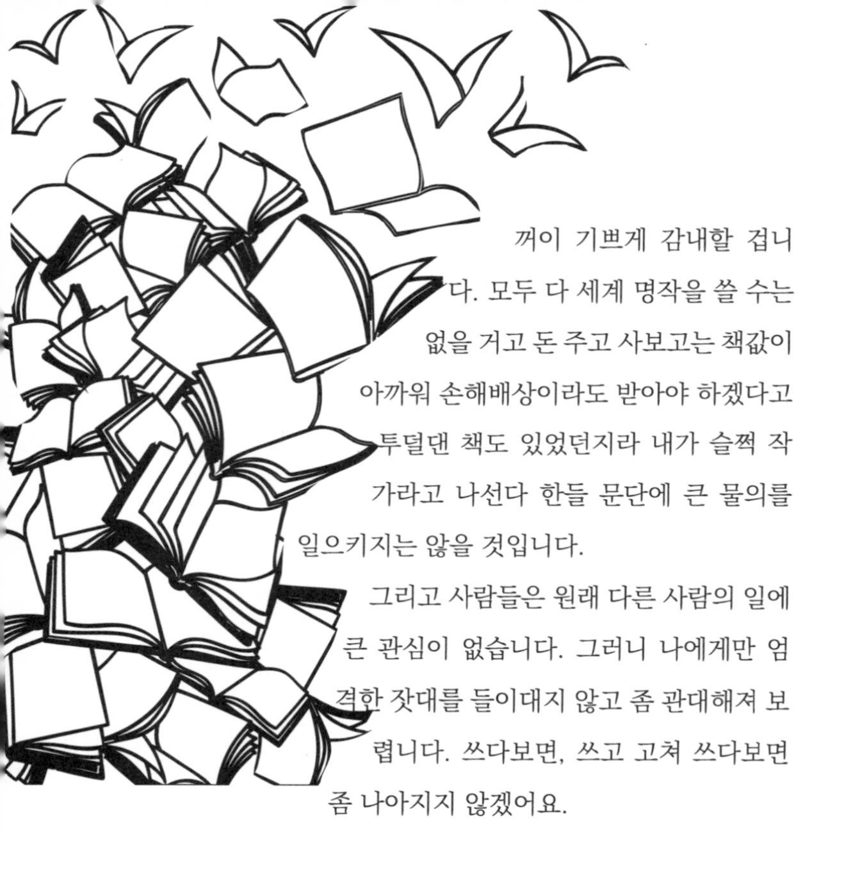

꺼이 기쁘게 감내할 겁니다. 모두 다 세계 명작을 쓸 수는 없을 거고 돈 주고 사보고는 책값이 아까워 손해배상이라도 받아야 하겠다고 투덜댄 책도 있었던지라 내가 슬쩍 작가라고 나선다 한들 문단에 큰 물의를 일으키지는 않을 것입니다.

그리고 사람들은 원래 다른 사람의 일에 큰 관심이 없습니다. 그러니 나에게만 엄격한 잣대를 들이대지 않고 좀 관대해져 보렵니다. 쓰다보면, 쓰고 고쳐 쓰다보면 좀 나아지지 않겠어요.

"자 작가님, 출발하시죠."

오래된 편집자

꼭 하고 싶은 일

저는 왜 편집일을 다시 시작했을까요. 반백 살을 넘어가는 시점에.

첫째, 생존 수명이 늘어나 소일거리가 필요해서

둘째, 노후 자금이 필요해서

셋째, 내 편집 기술을 묵히기 아까워서

정답은 셋, 다입니다.

혹시 정답을 한 가지로만 예상했다면 당신은 옛날 사람! 창의성 교육이 시작된 이래 정답은 사지선다상에만 있지도 않고, 정답이 한 개뿐이라는 통념도 사라졌습니다. 혹여 정답을 2~3개 꼽았다면 당신은 이미 창의적인 북에디터가 될 자질이 충분히 넘칩니다.

격변의 시대

한창 출판 편집자로 일하던 시절은 1990년대입니다. 편집 환경은 30년 전이나 지금이나 크게 다르지 않은데 출판 경향과 독자 취향은 늘 새롭습니다.

저는 북에디터로서 격변의 시대를 살았습니다. 활자 조판시대에 작업을 시작해 컴퓨터 식자시대를 지나 현재 인디자인 편집시대를 살고 있고, 편집자가 만능인 시대(편집자가 표지까지 디자인을 다하는)에서, 단행본 출판에 북디자인이라는 직업이 생기는 것을 봤고, 편집의 역할보다 디자인이 다소 우세한 시대를 살고 있습니다.

왜 오래된 편집자일까요. 당당하게 커리어 넘치는, 능력 있는 편집자라고 쓰고 싶지만, 사실 저는 돌아온 편집자입니다. 20년의 간극을 넘어온. 그래서 오래되기는 했지만, 한동안 묵혀 있었던 편집자입니다. 오래 숙성된 묵은지와 와인에서 기대하는 그런 완숙함으로 책 이야기를 하고 싶습니다.

사실 편집, 편집자, 편집인이라는 말이 익숙하고 제게도 어울린다고 생각하지만, 북에디터라는 말에 비해 편집인은 시대성이나 세련면에서 어감상 밀리는 느낌입니다. 하지만 그래도 오래된 편집자가 좋습니다. 계속 출판 편집일을 해왔다면 굳이 이런 글을 쓸 이유가 없었을 겁니다.

몸에 밴, 체험으로 익힌 기술은 사라지지 않습니다. 그간 해온 일이나 나의 성향상 책과는 떼려야 뗄 수 없는, 책을 통해 글을 따지고 정확히 쓰는 생활을 꾸준히 해왔기 때문에 사실상 굉장히 깐깐한 독자이기도 합니다.

책을 떠났던 것은 책이 싫어서가 아니고, 책의 중요한 역할을 몰라서도 아니고……. 돈이 안 되는 일이었기 때문입니다. 편집자에게는 고도의 전문성과 창의성을 요구하지만, 밥벌이에는 그리 착실한 직업이 못 됩니다.

묵묵히 성실하고 꼼꼼하게 책을 대하는 편집자들에게 감사와 존경을 표합니다.

만여 원 남짓한 책값이 너무나 미안한

어쨌든 나는 인생을 한 바퀴 돈 후에 그럼에도 값어치 있는 일이라고 생각하고 다시 북에디터로 살기로 했습니다. 제목이나 명성에 비해 너무도 부실한 책 때문에 화난 적도 있지만, 혹시 이런 책이 있을까 하고 찾아보면 어김없이 있었던 책들 때문에, 필요한 책을 놓치지 않고 만들어낸 편집자들에게 절이라도 하고 싶었던 적이 많았습니다. 내가 책과 바꾼 만여 원 남짓한 책값이 너무나도 미안할 정도로.

책에게 순정을 바치는 마음

시대는 달라졌지만 출판 환경은 크게 달라지지 않았습니다. 책을 만드는 도구만 업그레이드되었고, 본질은 변하지 않았습니다. 오히려 누구나 작가가 될 수 있는 시대이고 큰 자본을 들이지 않고도 누구나 책을 낼 수 있는 일인출판 독립출판의 시대입니다.

사실 이건 굉장히 큰 발전입니다. 이제 다시 초심으로 돌아가 책에게 순정을 바치는 마음으로 한권 한권 만들고 있습니다. 제대로 된 책이 세상에 나오는 일이 얼마나 중요하고도 필요한 일인지 늘 염두에 두면서, 책세상에 누를 끼치지 않고, 욕심 내지 않고 누군가에게 필요한 책을 만들고 싶습니다.

내가 만드는 책에 대한 기록이 될 수도, 한주간의 편집일기가 될 이 글쓰기의 시동을 걸어봅니다.

책을 만들지만,
팔리지 않기를 바라는 마음

유방암 이후 더욱 건강하게

역설적인 말이지만 솔직한 심정입니다. 출판업이 돈벌이와는 거리가 먼 것이 사실입니다. 5천 원짜리 커피는 매일 마시지만 한 달에 한 번 만 원 조금 넘는 책을 사기는 어렵습니다. 책이 빌려보고 돌려보는 것이란 인식도 한 몫 합니다.

유방암을 겪고 나서 건강의 소중함을 깨닫고 재발 전이로 다시 발목이 잡히지 않게끔 도움이 되는 뭔가를 만들어보자는 생각으로 《원데이 원힐링 다이어리》를 기획 출간한 뒤 유방암과 관련되는 책을 계속 기획하고 있습니다.

유방암에 대해 좀더 잘 알아서 예방할 수 있으면 예방하고, 진단 후에는 잘 관리해서 좀더 아름답고 건강한 삶을 살자는 취지입니다.

책을 통해서 접하는 독자들의 소식은 책이 팔리는 걸 반기기 이전에 마음이 아픕니다. 대부분의 독자가 유방암과 관련이 있는 분이다 보니 안타깝고 슬프기까지 합니다.

한 가정의 어머니이자 아내고 딸이며 며느리였을 그분들이 중한 병에 걸리고 그로 인해 한 가정이 우왕좌왕하는 모습들이 보입니다. 멀리 호주에서 온 다이어리 주문서에는 지푸라기라도 잡으려는 절박한 심정이 고스란히 전해져 옵니다.

유방암 진단 받은 분들이 당황하지 않고 침착하게 자신의 진단을 받아들이고 잘 치료 받을 수 있는 안내서를 계속 기획하려 합니다. 나아가 완치 후 사회에 복귀해 건강한 일상을 사는 이야기도 계속 펴내려 합니다.

어디에 있든지 간에 건강하게 잘 지낸다는 소식이 책 한 권 사준다는 소리보다 더 반갑습니다. 책이 안 나가도 좋으니 다들 건강하기만 하면 좋겠습니다.

달리는 차 안에서 큰 소리로 음악 듣기

임금님 귀는 당나귀 귀!

제가 좋아하는 것, 한강을 옆구리에 끼고 차로 달리면서 아주 큰 소리로 음악 듣기입니다. 이 정도면 병 수준입니다. 수년 전에 베이징 여행을 다녀온 뒤 내 사는 가까이에 한강이 흐른다는 게 축복임을 깨달았습니다. 베이징 여행 중 여러 시간을 달려도 끝없이 펼쳐지는 황량한 벌판을 본 뒤부터입니다. 그 답답함과 지루함이라니. 잠깐만 움직여도 아기자기하게 풍경이 바뀌는 서울과는 비교할 수 없습니다.

서울 끄트머리에 붙어사는 저에게 동서로 뚫린 올림픽대로는 아주 좋습니다. 요새야 하루 종일 거의 정체이다시피한 길이지만 굴곡 없이 쭉 뻗은 도로는 운전을 편안하게 해줍니다.

혼자거나 가까운 지인이 탔을 경우에는 거의 예외 없이 볼

륨을 최대치로 높입니다. 동승한 지인은 고막을 두드리는 굉음에 뛰어내리고 싶을 정도랍니다. 이 기분을 최고조에서 맛보기 위해 포터블 블루투스 스피커까지 장만했으니 이 정도면 고질병입니다.

사실 제가 있는 공간에서는 그렇게 큰 소리로 음악을 들을 수가 없습니다. 아파트에서 그럴라치면 바로 민원이 들어올 테고 나 또한 마음 졸이면서 음악을 듣고 싶지 않습니다. 카페 역시 목소리보다 작은 음악이 낮게 깔리는 통에 주위 소음이 더 버거울 정도입니다(예전에는 음악 다방이라 하며 음악을 들으러 갔었는데).

내가 듣고 싶은 정도의 음량은 디스코 클럽 대형 스피커 앞 정도입니다. 그런데 누가 뭐라 훼방할 수 없는 나만의 차 안에서는 이게 가능합니다. 창문을 닫고 듣겠지만 스치는 바람에 취해 열어 놓았을 때도 빠른 속도로 옆 차를 지나치기 때문에 타인에게 불편함을 주지 않습니다.

이런 괴상한 취향을 구차하게 변명을 하자면 이럴 때 차 안은 나만의 대나무숲이 됩니다.

"임금님 귀는 당나귀 귀!"

속에 억눌려 있는, 딱히 뭐라 할 수 없는 분노, 불안, 스트레스를 풀어버리는 수단이 됩니다. 큰 소리로 음악을 듣노라면, 대부분 70-80세대 곡들이지만, 정말로 마음이 가벼워지고 개운해집니다.

모든 것이 편리해진 시대, 사실상 개인의 사생활이 보장되는 곳은 그리 많지 않습니다. 나만의 대나무숲, 하고 싶어도 하지 못해 마음의 병이 된 소리들이 아무도 들을 수 없는 이 공간에서 음악 소리에 날아갑니다.

혹 지나치다가 차가 유난히 들썩거린다 싶으면 누군가가 음악으로 속풀이 하나보다 하고 부디 양해해 주시길.

에필로그

그래도 계속 걸어갑니다

늘 꿈을 꿉니다. 지난 5년간의 모든 일들이 꿈만 같습니다. 제게 일어난 모든 일들이 제발 꿈이기를 간절히 바라기도 했습니다. 그리고 지금 지나간 것은 모두 꿈이 되었습니다.

5년 후에도 계속 글을 쓰기를 희망해 봅니다. 무탈하든지, 탈이 있든지 간에 제 생은 계속 될 테니까요.

내가 원하지 않았지만 내게로 온 일들, 잠시 오르막길을 걷지만 가능하면 좀 덜 힘들게 가고 싶습니다. 힘든 것을 견딘 만큼 단단해져서 남은 생은 더 가치 있을 거라 믿습니다.

또다시 넘어질 수 있겠지만 다시 일어나 끝까지 걷겠습니다. 함께 걷는 당신이 있어 힘들지만 외롭지는 않습니다.

전문적으로 글 쓰는 글쟁이는 아니지만 우리 고운 환우분들 한 분씩 모두 손잡아 주고 안아드리고 싶은 마음으로 썼습니다.

"내일도 걷겠습니다. 오늘처럼."

이 책이 세상에 나올 수 있도록
도와주신 분들에게 진심으로
감사의 마음을 전합니다

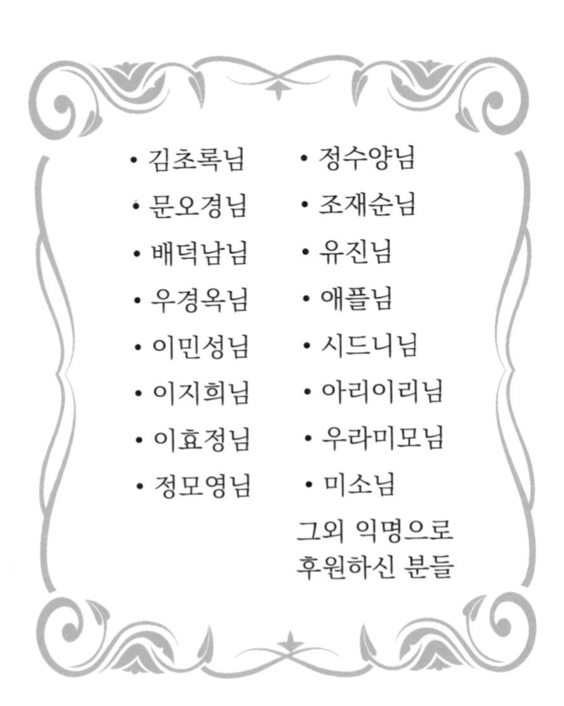

- 김초록님
- 문오경님
- 배덕남님
- 우경옥님
- 이민성님
- 이지희님
- 이효정님
- 정모영님
- 정수양님
- 조재순님
- 유진님
- 애플님
- 시드니님
- 아리이리님
- 우라미모님
- 미소님

그외 익명으로
후원하신 분들

유방암이 내 삶을 멈출 수는 없습니다
© 카덴자

초판1쇄 발행 2019년 8월 30일
지은이 카덴자

디자인 soso_design
제작 지원 디지털 놀이터

펴낸이 정세영
펴낸곳 위시라이프
등록 2013.8.12/제2013-000045호
주소 서울 강서구 양천로 30길
전화 070-8862-9632
이메일 wishlife00@naver.com

ISBN 979-11-963931-2-0 03810 | 값 13,500원

◎ 이 도서의 국립중앙도서관 출판예정도서목록(CIP)은 서지정보유통지원시스템 홈페이지(http://seoji.nl.go.kr)와 국가자료종합목록 구축시스템(http://kolis-net.nl.go.kr)에서 이용하실 수 있습니다. (CIP제어번호 : CIP2019029241)